春風少年歌

日治時期臺灣少年小說讀本

文◆張我軍等——圖◆陳采瑩

目次／

【序】

回望臺灣近代兒童文學

臺北市政府文化局局長
鍾永豐

「中華民國兒童文學學會」於二〇一六年獲選為臺北市政府文化局彎揚組織，為本市第十四個譽揚團體，該學會自一九八四年成立至今已三十餘年，推廣兒童文學不遺餘力，也曾經內政部評定為績優社會團體，為國內目前組織活動最活躍的兒童文學社團。在前理事長邱各容提案之下，遂以編印《春風少年歌：日治時期臺灣少年小說讀本》、《寶島留聲機：日治時期臺灣童謠讀本①》、《童言放送局：日治時期臺灣童謠讀本②》（以下統稱本選集）作為譽揚形式，藉此回溯臺灣兒童文學發展的濫觴。

臺灣近代兒童文學的發展進程，迄今已逾百年。其啟蒙正值日本殖民統治時期，因而得以與日本兒童文學乃至世界兒童文學產生聯結。與此同時，也發生了兩件臺灣兒童文學史的重要指標事件。其一為任教於臺北師範學校的臺籍教諭張耀堂首次提出「兒童文學」這個專有名詞。其二，在當時唯一出版過兒童文學作品集的臺籍作者即為臺北龍山公學校的學生黃鳳姿。因此，在日治時期，臺北市不僅僅為全臺政治與經濟的中心，也是臺灣兒童文學發展的重要舞台之一。

二〇年代的童謠運動造就出為數眾多的日文童謠作品，作者計有公學校的臺籍訓導、日本居臺的「渡來者」、「灣生」、「第二世」，以及公學校的臺籍學童和小學校的日籍學童。在這其中，臺籍學童使用日文創作，有令人驚豔的精彩表現。此外還有臺灣新文學作家為維繫文化命脈所作的臺灣話文童謠。三〇年代的臺灣文壇新文學作家小說作品特別蓬勃，文藝刊物亦如雨後春筍般誕生。本選集精選二、三〇年代新文學作家適合青少年閱讀的小說作品，以及臺籍大小作家熱鬧響應童謠運動的豐碩成果，以期留下歷史記錄，見證他們的參與。也希望藉由作品中的兒少視角，引發讀者們個別或共同記憶，回到歷史現場，重現當時孩子們的日常景況與學校生活。

《春風少年歌：日治時期臺灣少年小說讀本》收錄包括張我軍、楊守愚、楊雲萍、楊逵、張文環、翁鬧、龍瑛宗、巫永福、呂赫若等九位新文學作家共十七篇作品。《寶島留聲機：日治時期臺灣童謠讀本①》收錄甫三（賴和）、Y生（楊守愚）、漂舟（黃耀麟）、蔡培火、文瀾（廖漢臣）、君玉（陳君玉）所創作的七首臺灣話文兒歌，以及陳湘耀、莊月芳、莊傳沛、陳英聲、徐富、陳保宗、黃五湖、林世淙、江尚文、周伯陽的二十一首日文童謠。《童言放送局：日治時期臺灣童謠讀本②》收錄日治時期《臺灣日日新報》附錄《臺日子供新聞》所刊載，包含張金寶、陳氏信等三十六位公學校臺籍學童的童謠。採繪本方式呈現，不僅包含臺北市龍山、老松、蓬萊、日新、太平等公學校以及樺山小學校的臺灣學童作品，更有曾任內政部部長的林金生以及前臺大醫院肝炎權威宋瑞樓教授的作品在內。

有賴執行團隊鍥而不捨地進行全臺尋人任務，蒐羅資料、取得授權，再加上多位專家顧問的鼎力協助，我們終於能將這套既有史料保存價值，又富文化推廣意義的選集呈現於讀者面前。希望本選集的出版，能為讀者提供學術參考，將日治時期臺灣兒童文學與現代臺灣兒童文學之間的淵源，做一次歷史性的回顧。期望讀者能經由閱讀小說，了解有關日治時期少年兒童形象的書寫跟現代兒童形象的異同；經由閱讀童謠，體會不同時代兒童的生活情味，產生精神上的連結。本選集每個作品皆配有插畫，是一套淺顯易懂的文學讀本，盼能成為浩瀚書海中，陪伴大小讀者探索世界的涓滴細流。

【導論】臺灣新文學作家與兒童們同歌同行

邱各容

拉開時代序幕

近代臺灣兒童文學發展雖然是在日本殖民時期起始，但並非日本作家唱獨角戲，其中也有臺灣作家和臺灣學童的心血在內。這裡所指的臺灣作家是指臺灣新文學作家，以及各公學校臺籍訓導*作家，與就讀公學校的臺灣學童而言。日本殖民政府於一九一二年出版兒童讀物《埔里社鏡》，兩位編者之一即為畢業於臺北國語學校的白陳發。日治時期臺灣知識青年分別在日本和中國留學，因此，他們所發表的兒童文學作品採取中文（漢文）和日文（和文）雙軌並行的書寫。就因為臺灣新文學作家、公學校臺籍訓導的參與，以及公學校臺灣學童的童謠書寫，再加上渡臺、第二世、灣生等的在臺日本作家，以及就讀小學校的日本學童的共同參與，在三〇年代締造出臺灣兒童文學發展的第一個黃金時期。

因為是日本殖民統治，臺灣兒童文學就不至於和亞洲兒童文學脫鉤，甚至也藉此窺探世界兒童文學。這可從張耀堂在〈童話の過去及び未來〉（童話的過去與未來）、〈新興兒童文學たる童話の價值探究〉（新興兒童文學童話的價值探究）兩篇有關童話的文章獲知一二。日治時期常用「兒童文化」或是「兒童文藝」稱之，張耀堂唯一一位使用「兒童文學」一詞的學者。張耀堂是臺北市人，曾任戰後臺北市立建國中學的首任校長，可惜後來棄文從政，任職於東南行政長官公署。

臺灣知識青年如張我軍、楊守愚、楊雲萍、楊逵、張文環、翁鬧、龍瑛宗、巫永福、呂赫若等新文學作家都有小說作品傳世，這幾位新文學作家的小說作品在當時的內地（指日本）和臺灣本島發行的期刊發表，基本上分中文與日文兩種，前者如張我軍的〈元旦的一場小風波〉、楊守愚的〈生命的價值〉、楊雲萍的〈弟兄〉；後者如楊逵的〈水牛〉、〈鬼征伐〉、〈泥人形〉，張文環的〈重荷〉、〈論語與雞〉、〈夜猿〉、〈迷兒〉，翁鬧的〈音樂鐘〉、〈羅漢腳〉，龍瑛宗的〈黑妞〉，巫永福的〈黑龍〉、〈阿煌與父親〉，呂赫若的〈玉蘭花〉、〈藍衣少女〉等，這些作品皆具有少年小說的架構。

勾勒作家情懷

臺灣總督府在其殖民政策下推行「國語教育」，主要目的在教育被殖民的臺灣學童將來成為良順的日本國民。在民族意識驅使下，這些受過日本教育的臺灣青年會日後反而成為了「文化抗日」的先鋒部隊。他們的作品以「文化抗日」作為共同的圖騰和符碼，新文學作家透過小說作品展現意識形態的主軸，凝聚成一股銳不可擋的向心力。

然而，無論是臺灣新文學作家或是居臺的日人作家，他們皆拋開民族的仇恨，突破身分的藩籬，彼此都以兒童與少年的描寫為中心，貢獻一份心力，在十九世紀初葉，共同為臺灣近代兒童文學的啟蒙期揭開隆重的一頁。

在二〇年代以後，臺灣新文學運動不但啟動臺灣新文學的發展，同時也讓新文學作家與臺灣近代兒童文學發展具有密不可分的關係，不僅以寫作參與兒童文學，也是臺灣近代兒童文學的播種者與見證者。他們恭逢其盛，在長達一世紀的臺灣兒童文學發展史上，為自己，也為臺灣孩童留下彌足珍貴的少年小說。這些新文學作家在不經意之間，讓他們的作品在臺灣少年小說啟蒙發展階段，扮演前行代的角色；同時也為日後的臺灣兒童文學研究，提供豐碩的文獻資料。

談談少年小說

在少年小說的領域裡，啟蒙與成長是其永恆的主題。一九七六年第十一屆「安徒生獎」得獎者丹麥女作家賽·博德克爾在領獎時致詞提到：「青少年時期是生命長河中一個關鍵性的轉折點，是人生觀、價值觀逐漸成形的重要時刻。青少年思想單純、接受力強。如何去引導，乃至如何去關懷，是社會不容推卸的責任。而文學創作正是達到此一目標的最佳途徑。」這段致詞無疑的是對少年小說的啟蒙與成長「功能」做了很好的詮釋。然而對新文學作家來說，「小說就是小說」的想法，更具實質的意義。已故小說家鄭清文先生也曾經表示：「對我而言，作品就是作品，至於適合成人閱讀或是孩童閱讀，那是研究者為了研究方便所做的分類。」

少年小說的構成有兩個基本要件，一是少年，一是小說。前者是指主要角色以少年為主體，後者是就文類區隔而言。就此來環視本書選錄的作品，它們的共同主題正好就是少年的「啟蒙與成長」。我們可以說，新文學作家不啻是影響臺灣少年小說發展的重要指標之一，他們是臺灣少年小說寫作的拓荒者和播種者，這是可以肯定的。

關懷兒童世界

日治時期的新文學作家在從事文學創作的同時，也關照到兒童世界的閱讀和書寫。以「新文學之父」賴和為例，他的藏書有一部分是當時中國出版的兒童文學作品，大都以翻譯外國兒童文學作品居多，譯者或是作者如魯迅、趙景深、趙元任、冰心等皆為中國早期的文學大家。身在臺灣的賴和，卻能擁有中國出版的兒童期刊與兒童文學作品，委實難得。這也如實表示身為臺灣新文學的主導者，不僅是新文學的先覺者，也是兒童文學的關心者。尤其在當時，擁有不少的兒童文學藏書，在臺灣新文學作家群中，是非常特出的。

新文學作家如張我軍、楊守愚、楊雲萍、楊逵、張文環、翁鬧、龍瑛宗、巫永福、呂赫若等人，在小說作品中對兒童與少年形象的書寫，無疑是開啟少年小說寫作的先河，主題也不約而同聚焦在啟蒙與成長。他們的小說創作分別在日本和臺灣本島發行的期刊發表，前者如《フォルモサ》（臺灣藝術研究會），後者如《臺灣文藝》（臺灣文藝聯盟）、《臺灣新文學》（臺灣新文學社）、《臺灣文學》（啟文社）、《臺灣時報》等。發表時間在一九三五到一九四二年間，橫跨三〇年代中葉到四〇年代初期，也就是殖民末期，這段時期剛好也是臺灣兒童文學發展的第一個黃金時期。

同歌同行的見證者

在整個日治時期裡，這九位新文學作家的少年小說作品量雖然不多，卻是臺灣少年小說發展啟蒙時期的參與者和見證者。他們在這塊園地播下第一代的種子，同時證明臺灣文學與臺灣兒童文學是可以同歌同行的。

在這九位新文學作家當中，張我軍曾經翻譯兩本日本童話集，楊雲萍〈弟兄〉、楊逵〈頑童伐鬼記〉與〈泥偶〉、呂赫若〈玉蘭花〉等四篇作品中都有提到世界童話名著、日本童話、日本兒童漫畫書等與兒童文學有關的文類，顯然他們對這些文學並不陌生。他們的作品對少年兒童形象的書寫，都緊密的扣合啟蒙與成長。以張文環的四篇小說〈重荷〉、〈論語與雞〉、〈夜猿〉、〈迷兒〉以及翁鬧的〈羅漢腳〉為例，都涉及到兒童形象的書寫，也書寫到了「遊戲性」，而「遊戲性」正好是兒童文學很重要的元素之一。無論就兒童形象或是主題呈現，基本上可以透過閱讀，體認小說主角啟蒙與成長的心路歷程。

至於巫永福〈黑龍〉、〈阿煌與父親〉和呂赫若〈玉蘭花〉等三篇小說作品，他們選用兒童觀點的敘事技巧，完全以兒童為主角，寫他們在日治時期發生或遭遇的故事，這個特點，非常符合以兒童為主角寫兒童生活中經歷的兒童文學特質。尤其是〈阿煌與父親〉與〈玉蘭花〉，前者針對兒童心理，後者針對兒童遊戲心理都有非常深入的描寫。

翁鬧在〈羅漢腳〉中，阿母對羅漢腳說：「好了，這樣你的病就沒事了。可怕的東西已經走了，壯起膽子吧！」，與林海音在〈爸爸的花兒落了，我再也不是小孩子了〉那篇小說中，英子的爸爸對她所說的：「無論甚麼困難的事，只要硬著頭皮去做，就闖過去了。」兩句話表面上好像風牛馬不相及，但同樣都是描述父母對孩子的鼓勵。〈羅漢腳〉中的羅漢腳，如同林海音〈爸爸的花兒落了，我再也不是小孩子了〉中的英子，都是作者透過小孩，以「旁觀者」的眼睛環視周遭的成人世界。只不過羅漢腳看到的是臺灣農村社會的景物和人情，尤其是貧農生活的悲苦；而英子看到的是北京人在城南胡同的情感與生活。

歸根究柢，臺灣新文學作家與臺灣兒童文學是相生相容，並結出豐美的果實。為增進讀者對這九位新文學作家的認識與了解，本書末亦附有相關的延伸閱讀書目，敬請讀者參閱。

二〇一八年三月二十七日

＊日治時期，合格教師分為「教諭」與「訓導」。「教諭」僅日本人能擔任，臺籍教師為「訓導」，類似「教諭」的助手，官階與俸祿都低於「教諭」。

輯一

時移事往

元旦的一場小風波

張我軍

我想寫一點關於祖母的事，已經有好幾年了，然而始終未曾動筆寫過一字。最近《藝文》雜誌社來函徵求關於新年的文字，不由得又想起此事來；因為我和祖母之間，曾於三十多年前的一個元旦發生過一場小風波故也。

那時候，我大約不過只有六七歲的樣子；照這樣算起來，祖母當時已經是七十歲的老人了。窮苦人的子女，素常時間父母要來的零錢只是幾個小制錢，多亦不過一個銅板而已。過年時所得的壓歲錢，記得大概也不過是兩三毛錢罷了。但是那一年，大姨母上我家來過年，她彷彿比我家富有，一下子就給了我一塊洋錢。我是怎樣地高興，現在還可以設想得出來——雖然當時應該是不懂得怎樣去花那一塊洋錢的。

第二天便是大年初一了。興高采烈地抱著那一塊洋錢，一清早便跑到祖母那裡去拜年。祖母是過了一輩子窮日子的人，素日連一個銅板都看得很大，何況是一塊錢呢？這是我長到十幾歲才明白的，老人家怕我把洋錢玩丟了，記不清是用了什麼方法，竟把一塊洋錢騙到她手上去。

玩了一會兒，我忽而想起我的洋錢來，逼著祖母還我的錢。祖母當然是不給的。於是乎我就拿出小孩子唯一的法寶，大哭起來了。哭了還不給，於是乎亂撞亂跳連哭帶嚷了。這樣還是不給，於是乎我就破口大罵起祖母來了。

大約這是全中國的習慣，哪一家子新年不忌哭？尤其是罵人最要不得，因為挨罵的人是絕不會答應的。然而我一來因為太傷了心，二來因為素日受著祖母的溺愛，所以竟大發頑童的本性，大年初一便在祖母那裡大哭大鬧並且大罵起來了。和祖母同院居住的三伯父雖然大不高興，但是在十二分溺愛著我的祖母面前，究竟是一點辦法也沒有。

再看祖母是怎麼樣呢？不管我怎樣哭鬧怎樣撒潑，老人家一點也不改變素日那一份慈愛而且鎮靜的態度，極力安慰我，一再只是說「孩子孩子你別哭，回頭一定還你錢！」直到我真急了，破口大罵起來，老人家還是那麼樣的，臉上毫無怒容，只說了一句「你罵奶奶，小心雷響！」

冬季沒有雷，就是六七歲的孩童也知道的。但是辱罵長上是不孝大逆，雷公專為管教這種人而存在的：因為從小就受了這樣的教育，所以經祖母一提醒，童心中也真有些害怕似的，記得是就那麼樣我就不罵不鬧也不哭了。祖母坐在板凳上，我站著讓老人家摟在懷裡，這情景，此刻還歷歷如在眼前。那時，我對於祖母一句雷響的應酬是「雷把我劈死，您不用哭才好哪！」我對於祖母對我的溺愛是怎樣地意識著，是怎樣地自沉願於溺愛之中，由於這句撒嬌的回答便可以概見了。

元旦祖孫之間的一場風波，結果由雷公充了魯仲連和平解決了。後來那一塊洋錢究竟怎樣地發落了，我始終沒有想起來。

我自從二十歲前後以來，不曉得為什麼，竟是和夢結了不解之緣。夜夜一入睡鄉，同時便入了夢鄉；睡個午覺也夢，打個瞌睡也夢。而夢中邂逅次數最多而且最真切的人物，除了我的父親便是我的祖母。這幾年來，也許是因為日日的生活切迫無暇追憶往事，也許是因為死別的年數過久，心目中的祖母的映像褪淡了，已經不常入夢，夢也不那麼真切了。

然而我對於祖母的感情，隨著年齒加多益發濃厚起來。十七歲那年祖母去世的時候，我摟著屍體足足哭了一天一夜，直到現在，一想起當時的情景，還阻不住兩道熱淚由眼角奔湧出來哩！

祖母活了八十歲，她的一生為人可以拿「克苦耐勞謙和慈愛」八個字概括。她在我們張家，據我所知道，並未曾享過幾年福。然而她從未有一句怨言，對人永遠是那麼謙和，對子孫始終是那麼慈愛，而對我這麼一個頑皮的孫兒，最是無條件地疼愛。我常常地感著不能由我的力量使老人家享受幾年人世的幸福，實在是一件終身的憾事！同時又常常想著，隨時隨地老人家的靈魂都像生前疼愛我那樣在保佑我。所以自從我成家以後，每逢有得意的事或悲哀的事，頭一個便要想起祖母來。而得意時感著悵惘，悲哀時可以得到安慰。

我那可憐的，慈愛的祖母，如果還活著的話——事實上我此刻還想著如果還活著多好呀——今年該是一百零六歲了。她去世至今已經二十六年，換言之，已經過了二十六個元旦了。每逢元旦，我總要想起三十幾年前這場小風波，覺著萬分的難受和懺悔！

今天是冬至日，我家照例要供祖先，所以加重地勾起我懷念祖母的心情。祖母在世時嗜魚甚於肉，所以每次供祖先時，供品中只有魚是不能缺——雖然結果還是一樣嗜魚的我自己受實惠的。今天除照例多備了兩條魚以外，還寫了這篇短文紀念祖母。

原刊於《藝文》第三卷第一期，一九四五年一月
本篇錄自《楊雲萍、張我軍、蔡秋桐合集》，張恆豪編，前衛出版社，一九九一年二月一日初版，頁一二五～一二八

導讀——張怡寧

在一九四五年二戰結束前，張我軍發表了〈元旦的一場小風波〉，敘寫自我的童年往事，也是他唯一以兒童視角創作的作品。他在作品中以第一人稱的方式，刻畫自己在六、七歲時和祖母元旦的一場風波。

文中寫到，「我」備受祖母寵愛，在過新年元旦時，拿到了大姨母的「一塊大洋」的壓歲錢，內心感到無比的開心，但是貧窮一生的祖母卻擔心孫子弄丟這珍貴而罕見的洋錢，想辦法說服孫子把洋錢拿到自己的身上留存。整篇小說的最高潮，莫過於孫子想要回洋錢，情急下咒罵了自己的祖母。然而，溺愛孫子的祖母以理智的方式回應，甚至以「你罵奶奶，小心雷響」鎮定嚇阻了孫子的口無遮攔。張我軍在這篇作品中，生動刻畫出了孩童最純真的天性及直接的反應，而這樣的祖孫親情互動，放到今日社會的日常生活來看，毫無違和且令人熟悉。

張我軍是日治時期唯一一位直接與兒童文學接觸的新文學作家，不僅

23　元旦的一場小風波

在主編《臺灣民報》時期，適時轉載魯迅翻譯俄國盲人作家愛羅先珂的童話作品，也親自創作了這篇〈元旦的一場小風波〉，凸顯他對於兒童文學的高度關注。

音樂鐘

翁鬧

沒想到竟然還會再聽見音樂鐘的曲調。早晨剛睜開眼，就有清脆、帶著金屬性質的樂音，不知從何處傳進我的耳朵裡。

Do Do Do Re Mi Mi Mi Re Do Do Do La So

唔，不知道那是什麼音樂？只記得那的確是從前聽過的曲調，不，好像還曾經唱過，那旋律留在耳朵裡的某處記憶，然而歌詞已經記不得了。

有一天，我走在深川（註一）一個到處是煤灰、垃圾臭氣薰天的路上，看見一個把破破爛爛的內衣露在外頭、毛髮濃密的男人用瘋瘋顛顛的聲調唱著：

汽笛一聲過新橋（註二）

想起來了，那首歌就是〈汽笛一聲〉！我帶著訝異的心情，尾隨在那男人的後頭。

隔天早晨，我又聽見了音樂鐘的樂音。可是好奇怪啊！在那一瞬間，有別的歌謠在我的心裡浮現：

烏鴉嘎嘎叫

伴著音樂鐘的樂音，我低聲地哼唱：

麻雀啾啾啼

陽光已經透進紙門裡

快快起床別遲到

是小時候學的歌。

舊日的記憶泛上我的心頭。

我從老師學會了這首歌。

後來到祖母家去，看見祖母家的時鐘會唱歌，小小年紀的我十分震撼。那座鐘放在陳舊的客廳裡一張陳舊的桌上。仔細聽聽，它似乎在唱著「烏鴉嘎嘎」。

我偷偷地調查了時鐘的肚子，那裡頭有著好似碾米廠的機械，以及同飛機螺旋槳那樣的零件——這自然是日後才知道的。當音樂鐘唱著歌時，機械零件便不停地旋轉，螺旋槳也快轉到將近無形；用手指停下螺旋槳的話，機械便跟著停下來，歌也暫歇。

簡直不可思議！

每回我去祖母家，就會到無人的客廳，讓那座鐘唱歌。

到後來，玩音樂鐘已經成為我期待到祖母家去的理由。

祖母的家裡住著叔叔。一見到叔叔，我就急著想讓音樂鐘的歌聲停下來，可是我並不知道怎麼做才好。

當時，我讀中學一年級，叔叔雖然不同校，但也是中學的四年級學生。我們的學校都離家甚遠，學期中總是住在學校的宿舍。

暑假回家的時候，我總是先往祖母家跑。音樂鐘照舊擺在客廳的桌子上。

就在那年夏天的盂蘭盆節，祖母家聚集了許多親戚們，有一個很少見的漂亮女孩也來了。

我和叔叔用長竹竿把後院的龍眼勾下來吃，剩下的就發給了親戚們。

到了晚上，我和叔叔以及那個漂亮的女孩被分配到廂房一塊睡。

她是個豐腴又爽朗的女孩。

我們把音樂鐘放在枕邊睡下了，那座鐘預計會在六點的時候叫我們起床。

「你跟她一起睡吧！」

叔叔等到女孩開始打鼾之後，輕輕碰了一下我說。

「我才不要，叔叔你跟她一起睡吧！」

我羞紅了臉，在黑暗中感覺自己的臉頰上彷彿有火在燒。

終於，我的慢慢手伸了出去。我只想稍微碰一下女孩的身體，如果女孩和叔叔都沒發覺，我也未嘗不想輕輕將她抱在懷裡。

可是，經過了很長的時間，我的手始終搆不著女孩的身體。

一個晚上過去了，我還是沒碰到她。

這時候——就在這個時候，音樂鐘唱起歌來，天亮了。

快快起床別遲到

直到今天，我仍會在逐漸發白的晨曦當中，想起當時的情景。

從那之後已經度過了多少年？

那個女孩已經嫁人了吧！

那是在很遠很遠的故里發生的遙遠的往事。

那座音樂鐘是否還在祖母家的客廳桌上？

在此時此地的首都，竟然又聽見與音樂鐘同樣曲調的歌謠，實在叫我意外。

一九三四年四月十八日

註一：位於東京隅田川河口的東岸一帶，由於地處江戶城的東南方，依照地支方位又稱「辰巳」。明治以後此地成為小工廠林立的地方，吸引打零工的人在此群聚，於是廉價旅舍和貧民窟也在此地相應形成。

註二：一八七二年，從東京到橫濱（今櫻木町站）的日本第一條鐵路開通，起站就是新橋車站；爾後隨著鐵路線向各地延伸，新橋車站成了各地方進入首都的聯結點，在東京車站一九一四年正式運作之前扮演了重要的角色。「汽笛一聲過新橋」出自一九〇〇年的歌謠〈鐵道唱歌〉的第一句，由大和田建樹填詞，歌詞當中連綴鐵路沿線的站名，寓於趣味，相當膾炙人口。

原刊於《臺灣文藝》第二卷第六號，一九三五年六月
本篇錄自《破曉集：翁鬧作品全集》，翁鬧著，如果出版，二〇一三年十一月初版，頁一三六～一四一，黃毓婷譯

導讀

——張怡寧

出生彰化社頭的翁鬧，是臺灣文學史上謎一樣的浪人。他的作品不僅直陳悲涼陰鬱的農村敗象，也反映了都市裡的誘惑和苦悶，每種題材及風格都有特殊之處，寫出了日治時期臺灣文學的某種側面。其中〈音樂鐘〉即是刻畫年輕男女在騷動的青春下，微妙地萌生出戀愛的滋味。

〈音樂鐘〉發表於一九三五年，恰好是他到東京滿一周年。翁鬧在小說中敘寫「我」在異地聽見〈汽笛一聲〉，因而懷想起在祖母家舊日的記憶，以及少年維特般懵懂的純愛欲望。像是他在小說中以第一人稱的方式，描述主人翁「我」喜歡到祖母家「看」音樂鐘零件的轉動，以及「聽」音樂鐘唱歌般的聲響，那一種時間感的現代化體驗，是成長過程中最美好的回憶。也因為這個機緣，「我」認識了一位留在祖母家過夜的陌生少女。主人翁一夜輾轉難眠，內心只能不斷壓抑蠢蠢而動的欲望，沒想到音樂鐘聲響起，天已逐漸發白亮起了。隱隱然，「我」內心的時間與音樂鐘的時間，不僅互為欲望暫停／時間前進的表裡，更呈現一種矛盾的拉鋸。

小說的篇幅雖然較短，但文風清新且富饒韻味，除了凸顯年輕男女的青春欲望，其實翁鬧在文中也流露著某種日本新感覺派美學裡，關於人的欲望及孤獨。

玉蘭花

呂赫若

少年時代拍攝的我們家族的照片，到如今我還保存著大約二十張。它們全都已經褪色，呈現茶褐色，其中有些連輪廓都不清楚了，一片模糊，但是卻仍然能夠使我一眼便想起當時家庭生活的氣氛。影中人物大多已經故世了，有祖母、伯母、母親等，以抬出院子裡的交椅、配上盆栽為襯景，穿上滾著五彩條紋邊的上衣、裙子，一臉的嚴肅。這些照片中的大部分都有少年的我，撒嬌地靠在祖母或母親身邊，她們雖然握著我的手，但卻分明顧不了我，只是一勁地僵硬著脖頸定定地盯住鏡頭。

我誕生於大正三年（即一九一四年），如果拍那些照片時我是七歲，那麼該是大正九年前後了。提到那個時候，是攝影還很稀罕的年代，加上我家又是在離開都市好遠的鄉間僻地，因此我們之會拍下這麼多照片，在熟悉當時社會狀況的人來說，該是很不可思議的一件事。並且看看這些照片就可以知道，不管服裝也好或者背景也好，不像是相隔很久的，尤其他的樣子幾乎是一樣的，因此很可能是同一年間拍攝的。光我的手邊就還有二十張左右，可見當時拍下來的數量相當可觀。總之，在那樣的鄉間僻地，僅一年之間就拍了那麼多，的確是令人詫異的一件事。說到當時，一些人還相信拍了照片，影子便被奪去一層，人也會瘦下去，因此人們多半討厭拍照，只有我家那樣一連迭地拍，這一點也是頗不了解的事。我這麼說，也並不表示我們一家人是特別「開化」的，至今我仍然記得每次要拍照時，母親總會向我叮嚀：「照了相，人會瘦呢。」由此也可以想見，我的家人們內心裡還是很不喜歡拍照的。也許有人要以為那怎麼還會拍了那麼多的照片呢？老實說，那是因為當時我家有位食客，名叫鈴木善兵衛的照相師的緣故，此外我還想，我那唯一的叔父又是受過新時代文化洗禮的人物，平常在家裡凡事都採高壓的方式，可能就是這位叔叔強要大家拍的。這位鈴木善兵衛是叔叔從他所留學的東京帶回來的日本人（當時在家裡不以內地人稱呼日本人），而這人便是我想在此談談的人物。

只因想談談大正九年前後我家有個名叫鈴木善兵衛的食客，所以才提了照相的事，結果話就拉長了。這兒我想進入正題，不過依照順序，恐怕得先提提把那位食客仁兄帶回家裡的叔父。而為了提叔父，我想還得從祖父說起，說不定話才能說得更順當些。

祖父在現今我們所住居的部落落腳之前，一貧如洗，四處流浪，跟著曾祖父從事過所有的勞動。即令如此，日子好像還是過得很窮困。不過聽說祖父從小就是個罕見的調皮蛋，人很有魄力，十八歲時死了爹以後，靠自己一雙手養大了四個弟弟，可見是個從小就不同凡響的人物。從打零工做起，然後成了個農人，流落到現今這個村子，然而生活依然困頓，尤其婚後不久妻子臥病，只因醫藥費無著，結果活活地讓她給病死了。但是，祖母雖然死了，祖父絲毫沒有灰心喪志，反而把這不幸當作一個刺激，益發地發憤起來。當時弟弟們也都成人了，便把田園交給他們，開始做米穀的生意。據說他的資金是五十圓，還是從人家借來的。他的生意成功了，賺了不少錢，有了可觀的財產，這時他已經四十出頭了。祖父於是再娶了一房妻子，這便是我們稱為「老祖母」的祖母。這位老祖母以八一高齡過世，但是她沒有生下一男半女，抱養了兩個孩子，就是我們的伯父。沒有親生兒子好像使祖父感到寂寞，加上家計相當富裕了，就像許多有錢人那樣，為了擁有親生孩子，又娶了一房妻子。這是第三個祖母了，這位第三個就是生下父親和叔叔的我們親祖母，因為有老祖母，所以我們被教稱這位叫「小祖母」。父親和叔父相繼誕生後，祖父據云非常滿意，從事了多年的米穀生意也不做了，讓弟弟們各各獨立，農事不用說也不再去管，卻開始蓋我們目前居住的房子。在祖父來說，既然有了一大筆財產，自然是想到要住在豪華邸宅，跟尚在稚齡的孩子們一起過一家團圓的優悠日子吧。

然而，祖父這番生平最大的夢想，不幸只因他與父親、叔父的年齡差距過大，結果在房子蓋成以前他就一病不起，過世了。這時，父親與叔父還只是二十上下的青年，祖父遺下的財產比想像中更多，生活方面當然是無憂無慮，家計方面由於大伯父早年就死了，所以由二伯父與父親管理，年老的大祖母光只是讓眾人侍候，頤養天年，小祖母成了接連生下來的我兄姊和我這些孫輩們的守護者，陪著我們靜靜地過日子，對家事也從不多插一手。叔叔對家裡的事好像興趣缺缺，加上他們幾個兄弟中只有他念過公學校，從小無憂無愁，因此對這種舊式家庭自然是不能滿意，經常地想把新時代的空氣帶進家庭裡來。伯父與父親就像一般生長在舊家庭的人那樣，只顧默默地守住一份家財，別無任何雄心壯志，所以對叔叔的言行毋寧是感到新鮮的，並把叔叔當著深懂新時代的人物縱容他的任性。當然，由於叔叔是老么，不僅僅是小祖母而已，連老祖母也對他寵愛有加，故此深富孝心的伯父與父親說不定也有擔心拂逆老祖母歡心的意思也未可知。

時當日本領臺後不久的明治末期，脫離舊殼，接受新時代的日本教育的人漸漸多起來，末了是當一名律師或博士的希望，在接受過教育的青年們心胸中燃燒起來，因而負笈到東京留學的風潮也漸趨熾熱，於是求進心強烈的叔叔便似乎再也待不下去了。然而，小祖母光是聽到那必須坐船過海就認定是生離死別，悲嘆不能自抑，因而叔叔便也沒敢開口說要去留學，過了幾年悶悶不樂的日子。後來，陸續聽到朋友們一個又一個渡內地的消息，再也忍不下去了，說動了伯父與父親，瞞住了小祖母偷偷地跑到東京去了。其後小祖母還是知道了，一下子落入極度的悲傷裡，一天到晚不停地呼喊叔父的名字，末了幾乎狂亂了。伯父與父親懊悔莫及，日後父親還叨唸說：「哎哎，那一次真是大不孝啊。」

叔叔抵京後打了一封電報回來，小祖母這才稍稍鬆了一口氣，但是她還是日夜求神託佛，家裡正廳的天上聖母、玄天上帝、三官大帝等不用說了，村子裡各處的土地公啦，有應公啦，甚至石頭公啦，她都去許願祈求叔叔的平安，據說有一段時間無精打采的，人都憔悴了。父親慌了手腳，千方百計打聽東京的生活安全情形，說明給小祖母聽，然而小祖母聽進了多少，還是很令人懷疑。總算過了一年，到了第二年，小祖母忽地又忍不住了，吵著要把叔叔叫回來。父親束手無策了。這一年，叔叔好不容易地才一償夙願，進了明治大學，怎麼可能剛入學就叫人家回來呢？暑假可以回來的，這麼安慰小祖母，她還是不聽。或許是因為多時以來的憂煩吧，也可能偶染風寒，小祖母病倒了。在病床上，小祖母還是不停地叫著叔叔的名字，吵著說在死以前希望見一面，使父親傷透了腦筋，而且每次聽到腳步聲，便從床上抬起頭，說好像是叔叔回來了。父親深怕有萬一的狀況發生，謊稱叔叔已經從東京出發了，雖然讓祖母寬心了一下，可是過了十天仍然不見叔叔的影子，於是她知道上當了，悲傷地央求著要父親打一封電報，說她死了。加上病況也越來越嚴重，父親不得不想想辦法了，便和伯父商量，結果決定把叔叔叫回來。不過電文不能照小祖母的意思，只說母病危速返。叔叔就是如此這般地在離家第二年被迫回家，和他一起來的就是那位「東京時代的好友」鈴木善兵衛。

清楚記得那是個颱風的早晨。我還在睡夢裡聽到從開在牆壁上頭的小小木框窗口響進來的竹叢伊呀聲和鵝的鳴叫，獨自賴在母親起身走後暗濛濛的床上。忽然，哥哥闖進來了，搖著我的肩膀說：「起來，日本仔來啦。快去看日本仔。」聽到日本人這個字眼，我猛地睜開了眼睛。彷彿胸口突地被撞了一下。這是因為平常當我們哭個沒完時，祖母或母親總是嚇我們說「看，日本仔來啦」，使我們都怕日本人怕得要死的緣故。

出去一看，堂兄們也都聚到前庭上口口聲聲地嚷著：「在哪裡？在哪裡啊？」竹叢和庭院裡的樹木都在強風裡搖晃著，耳畔被颱得休休響，想看一眼可怕的日本仔的好奇心，使我小小心胸猛撞著，跟在堂兄們之中東張西望一番，可是只能看到叔叔，卻不見另外任何人。我有點失望了，可是哥哥很快地提醒我：「有啦有啦」。我的胸口猛跳了一下，禁不住地緊緊抓住了哥哥的衣裾。那麼突如其來地，終於要看到可怕的人的不安衝上心口。

庭院裡的許多龍眼、石榴、荔枝、扶桑花等樹木中間，靠竹叢那邊有一棵好大的玉蘭花樹。它以修剪得整整齊齊的竹叢為背景，高高地聳起，是約有兩丈高的巨樹，微黃的葉子在風裡簌簌地響個沒完。我們常常瞞著大人的眼光偷偷地去爬的，便是這一棵。就在這棵玉蘭花樹下，我們好奇心的對象鈴木善兵衛，滿臉漾著笑看著我們站著。依稀記得他穿著一身和服，讓長長的頭髮在風裡飄拂著，想是被那珍異的玉蘭花的香味牢牢地吸引住的吧。這時，我們這一群孩童們一面低聲交談著一面向他走過去，他好像察覺到自己被當著稀奇的東西，這才為了表示他並不是可怕的人物，浮出溫和的眼光綻開了笑容。但是，我們還是沒敢向他挨近。我們保持著一定的距離站住，擺出了隨時都能拔起腿用最快的速度跑開的姿勢。他裝出種種不同的表情笑著，我們卻還是緊張得笑不出來。只要他微微地動了一下身子，我們便趕快退後一步。尤其我狠命地抓住哥哥，一時間竟然忘了瞧一眼可怕的人的面孔，只是讓胸口猛撞個不停。並且每次哥哥往後退了一步，我便跳起來趕忙往後跑。我猜，在風裡與鈴木善兵衛的這一場默默的對峙，該是非常奇異的模樣。也許該說像是雞的打架吧。鈴木善兵衛八成是領悟到這樣下去不是辦法了，這才把掛在肩上的黑色的東西取下，往我們這邊朝過來。如今想來，那可能就是照相機吧，可是當時只覺得那是可怕的東西，於是我們齊聲驚呼一聲，胡亂地四處逃散了。我已經七歲了，可是還是那樣地哭喊著，一連跌倒了幾次，衝進母親的懷裡。聽說後來，父親和叔叔知道了這件事，大笑了一場，可以說我們對鈴木善兵衛的第一印象是惡劣的。我覺得母親的話沒錯，以後儘可能避開他，偶爾在外頭看到他，我便躲進母親的房間裡。

鈴木善兵衛在護龍的最後一個房間住下來。祖父手上興建的這所新宅，正廳一棟，左右護龍各兩棟，總共有四棟，房間數恐怕不下四十間吧。當時的家族，連同堂兄他們，大約不到三十個人，所以護龍有不少空房間，客廳和空房間比鄰，而我又在正廳這邊起居，所以對鈴木善兵衛的生活情形一無所知。另一方面，小祖母因為看到叔叔回來，病也好了，對鈴木善兵衛也因為是叔叔的朋友，所以殷勤款待。不，據說我們全家都對這位遠來稀客厚待。這也難怪吧，因為他是家裡最神氣的叔叔的朋友，不難想像，大家都是一面巴結著叔叔一面照顧這位稀客。

聽說，鈴木善兵衛人很溫和，而且一本正經。「別管這些吧。好啦好啦。」儘管叔叔常常這麼說他，他還是一有機會就掃掃庭院，照顧花圃。他和叔叔差不多年紀，稍瘦，據云在研究攝影。至於來臺的動機，我聽到的說法是當時好像是人們對臺灣的好奇心正在熾熱的當口，也許也還加上叔叔的能言善道吧，於是鈴木善兵衛才會想到靠照相機來打天下，跟叔叔一塊過來的。現今留在我手上的那些家族照，可以說就是當時的副產品。

話說回頭。從這以後，鈴木善兵衛就住在我家，前後大約有一年那麼久，起初我總無法和他親近。碰到他，我就會躲起來，看到他在外頭，我就整天不敢出到中庭，因此根本沒有和他親近的機會。漸漸地，鈴木善兵衛好像也對老是躲著他的我感覺興趣了，千方百計地想吸引住我，可是我總是放聲哭起來。「真是傻瓜喔。這孩子，這麼怕生啊。」或者：「不要怕。叫鈴木叔叔，叫啊。」母親總是笑著這麼告訴我。然而，我認定母親是在騙我。「才不，日本仔，好可怕呀。」「不會的。奇怪，怎麼會怕成這樣子呢？」我只有怯怯地看著母親的面孔。以前，一次又一次地告訴我日本人可怕的，不就是母親自己嗎？母親的說法使我覺得矛盾，不曉得該相信哪一種說法才好。如今想來，我當時根本無法知道母親說日本仔可怕，只不過是為了使我止哭而已。於是我開始想：如果日本仔真的不可怕，那麼下次碰到的時候，就不要逃開吧，是這麼下定決心了，可是一旦碰到，那個在颱風的日子裡，看到他在玉蘭花樹下把那個黑黑的東西朝過來時所感到的恐怖又一次湧上心頭，於是我仍然腳板抹油溜之大吉了。

儘管如此，哥哥和那些堂兄們都在我不知不覺的當中，和鈴木善兵衛親近了。到如今我還記得，哥哥有時會和父親談起他，有時還會跑到他的房間玩到很晚還不回來睡覺，有時更和他一塊去釣魚，那麼快活的模樣。我漸漸地有點羨慕哥哥了。彷彿只有我一個人給遺留在那裡，寂寞死了。「那個日本仔不可怕嗎？」如果可以，我也好想跟那個日本人玩玩啊，我偷偷地這麼想著，這麼向哥哥問了一聲。「不會的，好好玩呢。根本就沒什麼可怕的。」哥哥說著笑開了。是嗎？我思量著，心底裡還是半信半疑。「不相信?好吧,那就讓你瞧瞧好啦。」哥哥探過頭來看了我一眼又說:「讓你瞧瞧我騎到『煎餅』肩頭上。」(日語煎餅與善兵衛諧音)「肩頭上?」「對呀,騎到肩上我就成了大將啦。看好吧。」「嗯。」

已經是日暮時分,哥哥去找鈴木善兵衛,很快地就回來了。「有啦有啦,快去。」哥哥拉住我的手就硬拖著跑起來。「不要,我不要。」我還是害怕,幾乎要哭起來了,可是哥哥的力氣大,我沒辦法抵抗。哥哥把我拉進可以看清庭院上的玉蘭花樹的那個護龍末尾罉穀間,要我好好地看著,就自顧走出去。我按捺著因不安而跳動的胸口,把一張椅子搬到窗口下,怯怯地爬了上去。透過窗子,我看到暮色裡的庭院就在眼前。鵝嘎嘎叫著,挺起胸口走過去。不一會,哥哥和鈴木善兵衛在玉蘭花樹下出現。我氣息都快窒住了,不敢喘一口大氣。就在我眼前,哥哥爬上玉蘭樹,然後騎到鈴木善兵衛肩頭上。接著,兩人竟唱著歌在那兒繞起圈子來。我禁不住地笑起來了。哥哥也笑著,揚起手向我打了一個手勢。看到他們兩個那滑稽的樣子,我終於想到確實是不可怕的,也覺得可以和他親近了。「怎樣,一點也不可怕是不是?叫他煎餅,他還會笑著回答呢。不信可以試試看。」哥哥又加了一句。「嗯。」我也有一點想騎到他的肩頭上了。可是,日本人可怕的潛意識還是意外地強烈,其後許久一段期間,依然無法和他親近。

然而,根據日後母親的說法,我一旦和鈴木善兵衛好上了,便一天到晚纏住他不放,入夜了還不肯離開他。說到這裡，我禁不住地還會想起許多和鈴木善兵衛玩的快樂記憶。雖然我是漸漸地和他親近的，可是那麼怕他的我，為什麼又會和他接近的呢？如今我已想不起細節，但是由於我一直羨慕哥哥他們能和他那麼好，因此被哥哥他們拉著去和他接近，這一點大概錯不了。如今還記得的快樂記憶，幾乎全部是和他好上以後的事。

我首先想起來的是晚飯跑到鈴木房間去玩的諸多往事。因為哥哥他們都已經上公學校（日據時期供臺灣子弟就讀的小學），所以入夜後便拿著課本到他的房間請他教。外頭漆黑一團了，只有護龍末尾的鈴木善兵衛的房間明晃晃的，光線溢到外面，得意洋洋地有如唱歌一般的哥哥們讀書的聲音，朗朗地傳過來。還記得聽到這些的時候，我就按捺不住了，正在洗腳的當兒也匆匆洗了一半就奔跑過去。進了房間後所看見的光景，快樂得就像做夢一般。哥哥們把方形的餐桌圍住，桌上攤著課本，好像鼓噪的麻雀般，各自任意地搖頭晃腦朗讀著課本。一身和服打扮的鈴木善兵衛坐在正面看守左右，他那被明亮的石油燈光照亮的面孔上漾著笑意，一臉的歡欣。我看著看著，哥哥們時不時地偷瞥一眼鈴木善兵衛，好像要邀來稱讚般地忽然把嗓音拉高。但是，這種一本正經的讀書場面並不能持久，很快地就亂了，接下來是把鈴木善兵衛圍住鬧成一片。哥哥們再也不客氣了，扯扯他的和服，或者爬到他的肩頭上，咯咯地笑成一圈。「煎餅，好吃喔，我要吃囉。」「好甜的煎餅呀。」「大餅，好大的煎餅。」他們那樣地哈哈笑著，連鈴木善兵衛也張著嘴巴笑開了。

接下來是他講故事。這時，我們靜下來了，定定地望著他的嘴巴。他的故事是火燒山、割舌麻雀、浦島太郎、桃太郎等，只因他一面說一面手舞足蹈，所以我們雖然不懂他的日本話，還是趣味十足。夜深了，媽媽已經叫了幾次，我們還是回答說「還不想睡啊」，就是不肯從他的房間出來，還要他繼續講下去。這種情形倒使他為難了。一天晚上，他正在講桃太郎。這個故事已經聽過好幾次了，可是仍然有趣，尤其我還坐到餐桌上，張大著小嘴笑個沒完。當他講到剖開了桃子，桃太郎呱呱墜地時，鈴木善兵衛好像指著我這麼說：「桃太郎就像你這麼大小。」哥哥們大笑起來看看我喊起來：「桃太郎，桃太郎。」我還只懂得桃太郎這個詞，如今被稱作桃太郎，一下子就得意起來，起身忘形地叫著「我是桃太郎」並跳起來，不料一不小心摔到桌下。我是自己摔下來沒錯，但還是大哭了。哥哥們便取笑我說：「喂喂，桃太郎哭啦。」我更生氣了，疼痛和憤怒使得我更加地拉大嗓門哭起來。「別哭啦。桃太郎不哭的。」鈴木善兵衛把還賴在地上的我抱起來，衝著我笑笑，可是哥哥們仍然從旁取笑我，結果我怎麼也無法止哭。鈴木善兵衛拿我沒辦法，只有楞在那兒。然而，我倒感覺到他的眼裡湛著溫暖的關切之光投注在我臉上。那仁慈善良的眼眸使我禁不住地微微懊悔著，同時卻又在我心湖裡注滿歡悅。這是我第一次被他抱在懷裡，此舉使存在於我內心的對他的恐懼感揩拭清淨，就像被抱在母親懷裡般地，讓我感到滿心的甜蜜。我覺得對不起他，好想告訴他我只是因為生哥哥他們的氣才哭，可是又覺得這太尷尬了，只好讓自己繼續發出一點也不悲哀的哭聲，直到自然止哭。

有了這件事以後，我對鈴木善兵衛感到好多倍的親密。有多少次，早餐都還沒有吃完就要跑到他那裡，遭母親一頓斥罵。白天，他很少在家裡，好像老和叔叔一起出門而去，不過到了傍晚時分，一定會回來。白天偶爾在家，我當然離不開他。我還覺得奇怪，我為什麼會對他覺得這麼可親，他又有什麼使我這麼可親呢？到如今，我還會拿出他拍照的家族相片來端詳，可是，怎麼看都無法想起他的容貌。我所能想起來的，就只有穿上和服笑著的一個和善年輕人的樣子而已。尤其在一片蒼翠的田園裡和他相偕彳亍時的他的姿影，只要閉上眼睛便會在眼底裡浮現。那一陣子，我管他叫「木」，那是因為我的舌頭還不會轉動，所以把鈴木叫成「木」，他一定會大聲回應。不用說，我是被吩咐叫他歐吉桑的，可是我仍然覺得叫「木」比較愜意，所以從未以歐吉桑稱呼過他。我還記得他叫我「小虎」，這是因為我肖虎之故。

鈴木善兵衛喜歡釣魚。白天，只要在家，便常常把照相機掛在肩上去釣魚。由於我不能跟他去，所以每逢這樣的時候我便會哭。終於有一天，他把我帶到田園上。記得是夏天很熱的日子，那時所看的明豔陽光底下的田園情景，一直留在我眼底。碧綠的稻田，碧綠的竹叢，還有碧綠的山巒，展現在我們眼前，那種鮮活的綠色，那麼清爽地沁入我腦膜上。我家就蓋在田園中心，北邊有一排加上相思樹的竹叢，東西兩邊則是潺湲河流，南邊的稻田盡頭有甘蔗園。我們沿西邊的河岸走。河岸上長著密密的相思樹和竹子，根部開著紅、黃的野花，蝴蝶飛舞其間。竹叢裡還有不知名的小鳥在啼囀，竹梢上有老鷹在盤旋。從竹叢隙間看過去，河水疾流著，碰到石頭就激起白色的泡沫。我彷彿接觸到未知的世界，心生莫名憧憬，歡樂的感覺油然而起。鈴木善兵衛走在前面，我提著魚簍跟在後頭。一直走到南邊，快來到甘蔗園了，那兒有水車舂米房，圳頭的水閘關上了，水靜靜地漾著，河水形成一股小小逆流冒著白沫打旋。鈴木善兵衛把纏在脖子上的毛巾解下攤在草上，「小虎啊，你坐這裡，坐下。」他硬按下我坐下，他自己拂開雜草，弄好一個地點就蹲下來垂釣。從竹叢間篩下來的陽光熱辣辣的，沒多久我額角上就滲滿了汗。但是，週遭卻是這麼寂靜，使我能夠諦聽拂過甘蔗葉尾的輕風簌簌聲，和水車時而響起的水聲及緊接而來的杵聲。偶有飛來的小鳥啾啾長鳴幾下又飛走了，也給我帶來無比的寂寥。

鈴木善兵衛盯著水面，沒有回過頭就說了什麼，好像是「小虎，累了嗎？」我沒有聽懂，所以緘默著，他便轉過頭笑了一下。光這些我就覺得心滿意足了。就這個樣子和他在一塊，我便可以放一百個心，於是我也回他一個笑說：「木，有魚嗎？」只因語言不通，所以他只嗯了兩聲點頭。「木，晚上請媽媽煮，咱們一塊吃吧。」「嗯嗯。」鈴木善兵衛又轉回頭笑了。我在草上仰躺下來，看看好藍好藍的天。身子好像在空中浮盪著，不過陽光太強烈了，只好閉上眼睛。

這以後，鈴木善兵衛每次去釣魚都帶我去。其實，根據叔叔的說法，好像也沒有去釣魚過多少次。不久，鈴木善兵衛發熱躺下來了。據說熱還超過四十度。因為是鄉下，只有漢醫，不得已只得從鄰庄請來醫生。當時，我總是一個人悄悄地寂寞著，時不時地就跑到鈴木善兵衛的房門口窺探隱隱傳出不尋常空氣的房間內，看到緊閉著眼睛躺在床上的他，尤其那掉了肉又長滿鬍子的面孔，那麼沒來由地就有一股悲傷湧上心頭。我想，那一陣子我根本還不懂生死的觀念。只是看到他那種不動一動的樣子，忍不住地就站在門口悄聲「木、木、木……」地喊。想必他是聽到了，頭微微地動了一下，從眼角瞥過來一眼，唇邊也好像露出一絲笑意。這就夠使我放心了。胸口立即活脫脫地跳起來，唱起他教給我的桃太郎的歌，飛也似地跑開。

他的熱病好像很意外地，漸漸惡化了，我看到過不少次小祖母、父親和叔父聚在一起商量著什麼。每次看到這樣的情形，我就會在內心裡感到不安。雖然還是茫然地，畢竟也對死這回事擔心起來。「木，木，木……」這麼叫了，他還是紋風不動。聽說，有一次我還站在房門口哭起來了。某日日暮時分，小祖母把我叫住說：「你知道鈴木先生釣魚的地方是不是？帶我去。」「嗯，我知道。我和他一塊去過的。」我得意洋洋地和小祖母一塊出去。稻田那邊的竹叢靜止著，再過去就是燒成一片紅的天空。走在田壢路上，一群蚊子嗡嗡響著在我們頭上飛舞著跟過來。水牛要回家了。我能夠讓小祖母給派上用場，這使我高興得不得了，而且這件事又是和鈴木善兵衛有關，因此我幾乎得意忘形地搖晃著腦袋，走在小祖母前面。小祖母是纏腳的，所以走不到幾步就跟不上了，我只有站住等她，並且大聲告訴她和鈴木善兵衛一塊去釣魚的情形。小祖母在脇下挾著一件鈴木善兵衛的西裝，一手拿著香和金紙。我把小祖母帶到河邊的水車舂米房。小祖母再次問過「這裡沒錯吧？」這才點著了香向河流膜拜，嘴裡唸唸有詞起來。我靜靜地站在一旁。四下已是暮色四合，眼前河流泛著白光，從水圳流下來的水隆隆地響著。天空上的紅光漸漸褪了色，仰頭一看，一群老鷹排成一列飛過去。不久，小祖母把金紙燒起來拿起鈴木善兵衛的西裝在火上畫著圓圈烤了幾下。在這當兒，天空全暗下來了，河邊的綠色也模糊了，寂寞的感覺漸漸地襲上來。金紙燒完，小祖母便把我叫過去說：「回到家以前不可以和祖母講話。什麼也不能講，懂嗎？」「嗯。」小祖母用拿著香的手抱住鈴木善兵衛的上衣，移步到水邊，伸出兩根手指一次又一次地掏起河水，蘸在上衣上。我也踱到水邊，河面一片灰黑，映著竹叢的影子。突地，我在竹叢的影子裡看到一顆星光，一驚抬起頭，天空上已亮著三幾顆星星了。接著小祖母把衣服的前襬拉起來，將鈴木善兵衛的上衣放進去，用拿著香的右手緊地把它抱住，領先走回去。她邊走邊唸著：「鈴木先生，回來喲。鈴木先生，回來喲。」路已經是一團黑，祖母的纏足走起來格外艱難。我一面看看小祖母隨著細碎的步子搖擺的身子，默默地聽小祖母叨唸的嗓音：「鈴木先生，回來喲。」原來，小祖母在為給水神抓去的鈴木善兵衛招魂。因為母親也為我做過這樣的事，所以我知道這種事。我想到這麼一來，鈴木善兵衛的病一定會好起來了。我學著小祖母的樣子，低聲地在嘴裡唸起來：「木，咱們回去啦。木，咱們回去啦。」屋裡，油燈已經亮了。小祖母筆直地走進鈴木善兵衛的房間去了，我於是想到鈴木善兵衛的魂魄已經回來了，高興得不得了，急忙跑到母親那裡。據說大家還為此吃了一驚。

一度差一點變成肺炎的，可是大家都認定不能讓遠來的客人死掉，所以盡心盡意為他看護，結果鈴木善兵衛的病漸漸地好起來了，前後歷時大約一個月那麼久。哥哥們和我都鬧進他的房間裡，希望能夠和以前一樣地和他玩。可是，叔叔生氣起來大吼：「鈴木先生生病，走開！」不讓我們挨近那個房間。病不是好了嗎？我們都訝異地面面相覷，大感費解。說起來大概也是吧，我還記得太陽很明亮的日子裡，在庭院裡曬太陽的鈴木善兵衛的樣子，看去委實太異樣了，我還和哥哥們交互地說著那不像是他呢。他鬍子長得好長，頭髮把耳朵蓋住了，兩頰深陷，看到我們是會微微一笑，可是那種笑容根本不像他，著實夠我們大吃一驚。然而，我們還是聽從了叔叔的話，乖乖地等他完全地好起來。

我們的期盼落空了。我們終究永久沒有了再和鈴木善兵衛玩的日子。因為病好後，他突然返回東京去了。這件事，我們當天才知道。第一個知道了消息的是哥哥，據說放學回來，經過鈴木善兵衛房門的時候被叫住了，送了他一枝自來水筆。他覺得很奇怪，一看，行李都已打包好了。由於堂兄們也都已回到家，所以消息頃刻間便傳遍了，大家都好像掉了什麼寶貴的東西般地大驚失色。我們一塊衝出去。鈴木善兵衛這時正在玉蘭花樹下。這一天也是颱風的日子，他就像我們第一次看見他時的樣子站著。所不同的是他穿的是和服，今天卻是一身整齊的西裝。他看到我們，便向我們招招手。堂兄們馬上跑過去，我卻轉過身子奔進屋裡，因為我眼角發燙，差一點哭起來。此外我還想到該去向母親問個究竟。

廚房裡，母親和伯母她們在小祖母的指點下，忙碌地宰著雞，是為了讓鈴木帶走的。「媽媽，媽媽。」我叫了一聲。「煩死人，到外面去玩吧。媽媽在忙著。」母親真的很忙的樣子，連頭也不肯回過來一下。「鈴木先生要回遠遠的東京啦，所以大家都在忙。你去外面玩吧。」小祖母向哭喪著臉的我說。原來是真的。我彷彿覺得心胸忽然開了一個洞。我這樣那樣地想起我最關心的人。為什麼要回去呢？他要回去的那個地方，是怎樣一個地方呢？如果我也能夠和他一塊去……也許他是不喜歡我，所以才要回去的吧……聚者必散，小小胸裡，第一次體會到這種孤獨的心懷。我敢說，還是我這輩子第一次經驗到的況味。

這天下午，我們終於送走了鈴木善兵衛，那一幕情景，到如今猶歷歷如在眼前。風勢還是一樣強勁，午後起天色還有點轉了，天空聚滿了灰雲。庭院上的雞，羽毛被風吹翻了，看去好像很冷的樣子。叔父要送他到基隆，他們兩個相偕出門而去。叔父提著皮箱。鈴木善兵衛寂寞地泛著笑，不過我倒記得那種表情，好像是和自己的內心掙扎著。當他看到我時，笑著站住了。據說他是向我這麼說的：「小虎，小虎，咱們一塊去坐火車吧。」可是我卻突地死抱住母親不肯放手。其實我是好高興的，也好希望他真的能這麼做，可是我因他的離去而正在氣頭上，所以才會這麼表示我的不依。家裡的兩隻狗好像因為看到這麼多的家人一齊出到庭院而興奮起來，在那兒拚命地跑跳著吠起來。哥哥他們有的拉拉鈴木善兵衛的手，有的吊在他肩膀上，似乎要藉此事沖淡離情。小祖母和母親她們送到內庭就站住了。「我還會再來的。謝謝大家了，請大家多保重。」鈴木善兵衛說著深深地鞠了躬。儘管言語不通，她們還是笨拙地點點頭，然後就只有用笑容來表達所有的感情了。我依稀記得，當鈴木善兵衛抬起頭，多麼寂寞似地邁開步子啊，小祖母的眼睛裡湧滿了淚水微帶亢奮地低語說：「天氣這麼壞，輪船不會有事吧？媽祖婆啊，請保佑……」

屋頂上，麻雀在吱喳著。父親與伯父要送到車站，所以一塊步向竹叢外。哥哥們也從後頭跑過去。看到這情形，我也忽然奮勇地離開了母親奔過去。想到以後看不到鈴木善兵衛，悲傷自然地就湧上心頭，眼眶猛地發熱起來。我想起有一次我哭呀哭的哭個沒完，使他弄得束手無措的往事，覺得再也不能讓他看到流淚了，便深深地低下頭緊咬住下唇。接著，我在颯颯風聲裡聽到鈴木善兵衛說了一句「再見」，抬頭一看，他正在笑著擺手。站在門樓下的哥哥他們也在喊「再見」。然而，我並沒有喊。一種莫名的憤怒使我岔開眼睛，往他曾經帶我去釣魚的河邊竹叢附近看過去。我在內心裡偷偷地自語著：我再也不到那邊去了，一個人去了也沒意思，並用力地再次咬住了下唇。

稻田裡一片灰撲撲的顏色，風依然強勁，而且還含著細雨。連樹木的綠也好像枯萎了似地無精打采。鈴木善兵衛的身影漸漸遠去，哥哥他們好像被吸引一般地往他那邊跑起來。可是他們馬上被伯父趕回來了。伯父說風這麼大，趕快回屋裡去。哥哥他們卻不肯進屋，站在門樓下拚命地喊：「再見！再見！……」

鈴木善兵衛的背影在竹叢那兒拐過彎就不見了，哥哥他們便也口口聲聲地喊著衝到庭院上。我也跟上去。庭院裡已經看不見小祖母和母親她們了。四下靜得連鵝都被我們嚇得把長長的頸子豎起。哥哥他們像猴子般爬到玉蘭花樹上。我抬起頭看看，一朵花也沒有。「沒有花啦。」哥哥聽到我這麼說，從上頭往下看我回答：「傻瓜，不是要摘花啦。是要看鈴木叔叔啊。」我聽了，連忙也爬上去。因為太急切，所以手腳顫抖著不容易爬上。好不容易地才在樹幹上踩到了一個落腳的地方，可是這時我突然覺得把鈴木善兵衛的面貌忘了。剛才才分手的，可是怎麼也想不起來。我奮勇往上爬。我稍稍攀高了些，這時風似乎更強了，樹枝猛搖，一不小心就可能墜落。哥哥他們越爬越高。我總算抓牢了，看看稻田，鈴木善兵衛和父親他們已經看不到了，只有在甘蔗園裡工作的一群男女工人的影子。「看不見嘛，你騙我。」我生氣起來，往上向哥哥吼。「傻瓜，那麼低的地方怎麼看得見。」哥哥的回答從風聲裡傳過來。我打算再爬上去，可是樹枝都被哥哥他們壓彎了，加上風一鼓勁地在吹，擺盪得好厲害，我根本沒辦法再上去。「哥哥，真看得見嗎？」「誰騙你？當然看得見啊。剛剛走到橋上。」「臉也可以看清楚嗎？」「可以。」「我也要看。」「傻瓜，不會上來呀？」在風裡簌簌響著的玉蘭花樹葉聲裡，哥哥的嗓聲清楚地傳來，可是我就是無法再爬上去。目前這高度，風吹來，帶來一點點擺盪，我就手腳猛顫，只有死死抱住樹幹。「哇，鈴木叔叔回過頭來啦。」「叔叔和他聊著呢。」「再見啦。」聽到這些哥哥們的話，我只有喊：「讓我也看看，讓我也看看啦……」我就抱住樹幹哭起來了。

原刊於《臺灣文學》第四卷第一號，一九四三年十二月二十五日

本篇錄自《呂赫若集》，張恆豪編，前衛出版社，一九九一年二月一日初版，頁二〇七～二二七，鍾肇政譯

導讀

——梁燕樵

〈玉蘭花〉是呂赫若在一九四三年以日文發表的作品，當時日本正在臺實施皇民化運動，一方面壓抑臺灣本土意識、禁止用中文寫作，一方面力圖推展同化，希望臺人對日本產生歸屬感。在這樣的背景下，〈玉蘭花〉從一個臺灣小男孩的視角出發，講述他與來臺拍攝的日本人鈴木善兵衛的一段關係，便格外具有時代意義。

故事中，主角從褪色的家族照片，回憶起自己與拍攝者鈴木善兵衛在一年間的交往過程。一開始，主角出於對日本人的恐懼而不敢接近鈴木。但不知為何，兩人感情漸漸變好。直到某天，鈴木不知為何突然患病，病癒後又不知為何像是變了個人，不久後即離臺。臨別時，主角發現自己不知為何，竟忘了鈴木的長相，故事即結束在主角爬上樹，急著想再看一眼的哭喊之中。

雖然這並不是一段理想的敘事，呂赫若巧妙運用了回憶口吻與孩童視角的曖昧與片面性，在關鍵處往往託詞遺忘、語焉不詳，而這些地方又往往正是解讀鈴木與家人關係與態度的關鍵點。可以說，故事中諸般「不知為何」所帶來的模糊解釋空間，正構成了〈玉蘭花〉的最大特色。同時，這些遺忘本身的突兀與奇異，以及故事中鈴木那始終模糊不清的面容，似乎也隱然指向在那個時期，某些更為複雜、但卻無法被清楚明說的真相。

泥偶（註一）

楊逵

一

——好了，好了，今晚都給我早點睡覺去。爸爸這會兒就要忙了。

我拿著「〇〇文學」的催稿信說道。早已經過了截稿的日期了。雖然想寫的東西有一大堆，但是由於白天做這做那的，沒有一段安定的時間。我曾試著在天亮前爬起來寫，但是等到好不容易感到寫得順手時，天就亮了。尤其是聽說大理花要在清晨的時分摘，才新鮮，水份才多，因此一大早就得忙著摘花。大家都說，種花大可以逍遙輕鬆，可是那是以種花為消遣的人而言。以種花為食，當就不能像以種花為消遣的人那樣輕鬆了。

——快點。安靜些，乖乖地睡覺吧。

在一間四坪大的房子裡，四個小鬼滿屋亂跑，喧嘩之聲，幾乎把屋頂都要掀走。我一邊收拾書桌，一邊苦笑道：

——真要命。這樣占著桌子，爸爸怎麼工作啊!?

書桌上，堆滿了泥塑的坦克車、飛機、軍艦和戴著「戰鬥帽」的不倒翁，幾乎沒有一寸空隙可以攤開稿紙。

——哼！又不是新加坡，真是的……好了，快收一收，收一收。

——啊哈哈哈！

孩子們以從學校裡學來的爆笑方式捧腹大笑著。連還沒上學的六歲和三歲的小子也跟著學樣兒：

——哇哈哈哈……。

這真叫人受不了。老大一瘋起來，連小的也有樣學樣，接下來就是一場沒完沒了的哄鬧，往往就這樣把好不容易騰出來的時間給糟蹋了。今天晚上，說什麼也得把稿子寫好。否則，因為我一個人而誤了雜誌出刊時間，會給大家帶來困擾。看樣子，我似乎不得不躲到倉庫裡去寫了。

——快把這些泥玩意弄走！

我不知道該怎麼收拾那些泥偶，以便把桌子搬到倉庫。

——我的飛機先攻喲！

小學四年級的老大拿起自己的飛機大叫。

——才不是。我的坦克車先攻的。爸爸，是我的坦克車先攻，對吧？

上幼稚園的老二爭著。於是，到新年才滿三歲的次女也蹣跚地跑過來，口齒不清地，喃喃地說些誰也聽不懂的話，一手抓住她哥哥們的泥塑軍艦。脆弱的軍艦因此桅桿折斷了。

——討厭！

老二哭叫看，要把軍艦搶回來。就在兄妹爭奪的當兒，小女兒從床上跌下，頭上撞出個大包，哀哀而哭。這時候，孩子們的媽責備了老大，孩子們才各自把泥偶收起，躲到被窩裡去。老大還躲在被裡咕咕地笑，老二卻因心有未甘而哼哼唧唧地哭，直到我說要幫他把折斷的軍艦修好，才止了哭聲。小女兒終於也哭乏了，就在她母親的懷裡睡著了。

我一邊修好軍艦的桅桿，喁喁地說：

——這下子，可不用躲到倉庫去寫了。

一場鬧劇，就此落幕。但攤開稿紙，才寫上兩、三行，校友富岡來訪。他原本姓劉，最近才改了姓富岡。

二

——真不得了啊！

——什麼事兒不得了？

——我有個朋友，跑到南京去，聽說賺了不下五十萬元。才去了不到一年咧！而且，去的時候身無分文。真不得了，不是嗎？

好不容易等得孩子們睡下來，正要幹活兒的時候，他來了，我心裡原就快快然，加上我本來就討厭這種發財的途徑，因此我用有點兒過份激動的聲音說：

——那不是趁火打劫是什麼？別說五十萬，就算要賺個一百萬也不難！

——少唱高調了，什麼叫趁火打劫！人家可是正正當當的買賣賺的呀！

——我是不知道是什麼買賣。就算是買賣吧，一年賺五十萬，可不是合情合理的事。假定帶了一萬元的資本去的，就賺了五十倍！何況，依你說，他是身無分文去了南京的。在那兒，不知有多少人因為戰禍而在飢餓邊緣掙扎。日本人也好，當地人也罷，在那種地方賺了五十萬，每天就將近兩千哩。這不是趁火打劫，是什麼？我可沒有心情去賺這種錢。假定我弄到這筆大錢，我一定用來做戰後的建設事業，或從事難民的救濟。他竟然厚顏無恥地積聚這種錢，還洋洋得意，真不知道他的心是什麼做的。自私自利的傢伙……。

劉無言以對。似乎他也不知道他的朋友是做什麼買賣賺了錢的。但是，他的處世哲學是：不管做什麼買賣，只要能賺錢就是好事。他說，只要有了錢，就有美女，就有好酒，就不必像過去那樣低頭透行，而可以挺著胸脯，闊步風生地走路！這可不是風光得意的事兒嗎？

而我卻當著面罵，說是趁火打劫，他自然惱然不悅。但過不多久，他卻很平靜地說：

——事實上，我是來辭行的……。

他說看，到底也藏不住一份尷尬之情：

——那個朋友為我弄來渡航的證件，我立刻申請護照。等護照一下來，我就要走了。

他磨磨蹭蹭打開包袱，拿出一瓶「白鹿」：

——我想要同你喝一杯辭行。這瓶「白鹿」是朋友送的。

有好幾次，我差一點要對他說：「混帳東西，你滾吧！」但，畢竟也不能一怒之下把一個專程來訪的人趕出去。於是，我用手上的筆在稿紙上，咚、咚地敲著，默默地讀著方才寫好的幾行文字。

——正忙著嗎？

他殷勤地說。

——嗯。早已過了截稿時間，人家來催了。

正好可以順水推舟，我抬起頭來注視著他的臉。任何人都能明白這是在下逐客令，可是他卻兀自不動。

——沒關係啦。這以後，可能要好些年不能見面呢，就請你賞個臉吧。

他用嘴咬開瓶栓，就桌子上的杯子，酌起酒來。每到這種地步，我總是輸了。這回，又輸一場。

——買點兒什麼來吧。我終於向妻吩咐道。不是敗給酒，而是輸給人情。

妻出去了。

在我沒米下鍋的時候，來訪的朋友常常會帶點什麼來。碰到妻不在的當兒，來客甚至會買肉買魚，還自己下廚，一塊兒吃個飽、聊個飽才回去。當然，也有買了酒來的人。對於這種奇特的客人，鄰居的阿婆總是開玩笑地說：「真弄不懂你們誰是主兒誰是客。」而我，每每被這種友情弄得眼濕喉熱的。然而，在那樣的時節，這位富岡老兄，卻一次也不曾露過臉兒。

那時候，他手頭上還有點兒他老子留下來的家當，因而，總是一付深恐碰見我這窮小子的樣子。當然，打從學生時代，我就熟悉他那個勢利德性，為了不願看見他那警戒的眼神，我連在路上跟他站著說話的場面都迴避了。

而這麼位仁兄，經過一段長久違別之後，竟開始來訪，是我已開始能混一下日子的時候。當時已經蕩盡祖產的他，在初來看我之時，就問我三元、五元的借，說是隔天就還。這以後，老是開口要借三元五塊的，卻一次也不曾還過。

他這麼一塊料子，這回竟帶來一瓶「白鹿」做本錢，是一定不會平白地回去了。正忖度間，果然一等妻子出去，他馬上就提起錢的事兒來。

——老實說吧，為了方才所說要到南京去的事，還短少一點兒川資哩。老是叨勞你，實在不好意思啊……。

——我可沒錢哦！

我一肚子火，所以就一口回絕了。我也只有對他才能這麼斷然拒絕。其實，若不是他把我好不容易可以靜下來寫東西的時間糟蹋了，以致我心中毛躁，恐怕我也說不出口。

——嘿嘿嘿嘿……。

他低聲下氣地笑了。

——別那麼擔心了嘛，這會兒可是真的，真的可以還你。就再幫我這一回吧。我們是從小一起長大的朋友啊，只是我不幸這一向老是失敗，否則我原本不是沒有信用的人，更不是忘恩負義的人。

——若說往常的三元五塊的，倒也不是沒有。但那又怎麼能充旅費呢？

——那當然。可是，不是聽說你老哥今年賣了兩千元菊花嗎？這我可清楚得很哩，別瞞我了……。

他說話就像個稅務員一樣，我有些火大了。

——呵！賣了兩千元？嗯，要是真有這麼一筆錢，我也真想過像你一樣的生活呢！

儘管他整天無所事事，可是從居住、服裝到日常的飲食，都比我高一、兩級。

——噯，請別這麼說……我並不是在查你的財產啊。只是，說句老實話，我這一向很不如意，再說，我可不想錯過這個難得的好機會，才請你幫忙的……。請你別那麼生氣好不好嘛……。那我寫個字據給你好了，把從前跟你拿走的也寫進這個字據裡……。等我到了那邊兒，混出個名堂——不，我是決定了要同我那個賺了五十萬元的朋友合夥做買賣的，所以必定能混出個名堂來……。真的，只要錢一到手，我一定馬上還你錢，好答謝你的幫忙啊。你孩子多，物價又這麼高，搞文學，也得過稍有餘裕的生活才行。真的，為了臺灣文學的發展，你得過得寬裕些，為我們好好寫出東西來才行……。

——扯到那兒去啦。我的生活，我會自己設法。就是吃野菜，我還是過得了的！叫我像個乞丐一般跟人家伸手，我可受不了！

這時候，妻買了一些罐頭、水果等回來。富岡立即把往我這邊兒伸出的頭縮回去，以判若兩人的態度說：

——啊，別那麼客氣，請你也賞個臉，來一杯。我是來辭行的，別老是拉長著臉呀！

說著，他也倒滿一杯酒給妻，又喋喋不休談著他那朋友賺了五十萬元的事，就好像發財的是他自己一般，興高采烈。妻只是嗯嗯地漫應著，也不十分搭理。

然後，他衝著我把他的杯子碰過來。「乾杯！」他說。真煩，為了早些脫身，我一口就喝乾自己的杯子。卻覺得味道奇苦。在米酒中，我未嘗喝過比這「白鹿」還要苦味的。

他就這樣一會兒跟我，一會兒跟妻喝著，最後把剩下的獨自幹掉。然後千遍、萬遍地點頭哈腰，說了一大籮筐奉承巴結的話就走了。看見他走遠了，妻以厭惡的臉色說：

——這也算是個人啊！

——當然是人哩。這才是升官發財一類的大人物。

我脫口說道。我們忘了孩子們已經睡熟，竟呵呵大笑起來。

三

笑過以後，我感到一種類乎哀愁的、惆悵的感覺。這原是我的毛病：因為可笑而笑，或著因為有趣而笑過之後，接著就總是這種類乎哀愁的感覺。像孩子們那種天真的爆笑，對我而言已是遙遠的往事了。一個對社會背負著責任感的人，還有什麼事可以使他笑著過日子啊？然而，看在富岡眼裡，這就是「老拉長著臉」了。我想，以後再也不要見他了。但是，這一類的人，豈只是富岡一人而已？若要不被這類的人弄得心煩慮亂，除非落髮為僧，蔽隱深山！這果真可能嗎？這樣想著，就永遠沒個了結，而我只有硬著頭皮活下去了。

時鐘敲一點的聲音，終於使我收起渙散的心緒。

——給我倒杯老米酒。你先睡去吧，夜深了！

妻把最小的孩子抱入蚊帳中。

妻睡下以後，我一邊聽著充耳的蟲鳴，開始了非在今夜完成不可的工作。啜著老米酒，恢復過來的心定和平靜，使我的腦筋越來越清楚。我一張一張地寫下去，在雞鳴時分，我終於能打上最後一個句號，在稿紙上寫上「完」，鬆了一口氣。

四

「窮隱處兮，窟穴自藏；與其隨佞而得志，不若從孤竹於首陽……。」雞鳴喧然，宣告黎明的迫近。和著遍地雞鳴，以為並沒有人聽見，我在花園裡一面漫步，一面大聲吟誦東方朔的這首賦。在眾人面前，我會弄得滿面通紅而唱不出一首〈龜兔賽跑〉歌。這時，我卻以出自丹田的低音，自吟自賞，覺得還挺不錯的。滿園白的、紅的和黃的大理花，和其他各色的花卉爭相映照著。

曾幾何時，妻也起來了，在菜園裡摘菜。有菜豆、有茼蒿、有菠菜、有萵苣、也有蘿蔔，相當豐富。開始的一、二年，由於沒有經驗，加上第一年裡家慈過世，第二年上，家嚴也謝世了。奔喪回鄉的期間，好不容易種活了的一點花草，又全枯死了。當時的我，差不多真是靠著野菜活了下來的。而於今竟也有四年了！我還有什麼不滿足的嗎？

走進屋子，看見大女兒在整理被窩，大兒子在給盆栽澆水，老二用不大能駕御的大掃把在掃地。昨夜跌下床來在頭上撞了個包的三歲的么女，這時也拿著掃把，把她二哥掃聚一堆的垃圾弄得零亂不堪。

——素娟！素娟！

小女兒一聽見我的叫聲，登登地拖著木屐，向我跑過來，緊緊地抱住我的大腿。

——爸爸，哥哥罵！

——啊，知道了。哥哥罵了你啊！好孩子，你該從這邊掃過去。不可以把哥哥掃好的弄亂了。瞧，這樣，從這邊掃過去。懂了吧？對，對，素娟，真能幹！

小女兒鬆開抱著我的腿的雙手，打掃庭院去了。我提著籃子和剪刀，走向花園，把看來真捨不得剪的花兒，鏗、鏗地剪了下來。

今天得交孩子們的學費了，也得買米了。賣掉這些大理花，就都解決了。再也不用叫孩子去借米，不至於遲繳學費讓孩子哭泣了。

「窮隱處兮，窟穴自藏；與其隨佞而得志，不若從孤竹於首陽……。」

天終於整個兒亮了。路上開始有三三兩兩的行人。我在口中哼著這首賦，一面繼續鏗鏗地剪摘我的大理花……。

五

大女兒和大兒子背著書包上學去了。老二拎著小籃子上幼稚園去。妻也背上小女兒，挑著花籠擔出了門。原本熱鬧的茅屋，頓時像被遺棄了似地安靜了下來。最後，吃過早餐，我挑著水桶上花園去。澆水、去蟲，為倒斜的花草弄上支架，不知不覺間也到了中午。洗過手腳，坐在書桌前，讀著托爾斯泰的《戰爭與和平》，竟而悠悠地打起盹來。

——爸，我回來了！

猛然驚醒，把書掉到地上。老大回來了。

——瞌睡蟲爸爸，哇哈哈哈……。

又是那種爆笑。

——今天怎麼這麼早？

——禮拜六呀！

——哦，原來如此。

——明天，爬山去，好不好？

——嗯，好啊！

——我要好好鍛鍊身體。

——很好。從前，你老是生病，瘦巴巴的，讓爸擔了多少心！

——可是，現在，我這麼壯耶！

——嗯，壯多了。跟爸來一場角力，贏得了嗎？

——贏，一定贏你。來吧！

這個孩子，正在讀《三劍客》，假裝自己是少年英雄丹尼爾。我的睡意已消，他就拉我到院子裡去，猛然向我撲來。冷不防，我被他拉住了腳，差一點就倒了下去。但，我的身體也強壯了許多。剛開始經營這花園時，為了辦一份雜誌，把身體搞壞了，體重只有七十斤。而今，已經有八十二斤。租給我土地開花園的老頭就曾說：「看你風一吹就要倒的樣子，怎麼當農夫喲！」要是當時，被兒子這一撞，保管摔得四腳朝天。

但，孩子小時，身體更差。他生下來的時候，我身上才只有七毛錢，當時真把我嚇壞了。也許由於貧困，孩子在兩歲、三歲上頭，一下子患上肺炎、腸炎、膀胱炎和十幾樣疾病。當時我想，這孩子沒救了。為了孩子住院、買藥的錢，我感受不斷的羞恥，忍耐著過來了。最後終於因為營養不良，自己也罹患了夜盲症，一到天黑，就沒法一個人走路。這孩子曾經像是一個恥辱的化身。而今，卻變得這般強壯，不知道什麼是疲乏。（即使已經汗水淋漓了，）他還不肯罷休。最後還是我說，「沒有輸贏，這就休戰，下次再玩吧。」才打成平手。

洗過澡，吃午飯的時候：

——我一畢業，要當志願兵去。我們老師每次談志願兵，就說我要是去當志願兵，一定可以以甲上級及格！

——嗯，很好。

——說我是我們班上身體最棒的。……因為我的胸圍，是七三．一哩！

他挺起胸膛，用手捶打給我看。

——胳臂上套著「級長」的臂章，向同學誇示你的強壯，神氣活現，你一定是個小太保，對吧？到處欺負別人，是不是？

——才不呢。

他猛搖頭說。

——我可沒有欺負弱小呀！只是懲罰壞傢伙而已。

——嗯，要愛護弱小的人。不錯。可是，你在家裡不也是常常和弟妹吵架，把弟妹弄哭嗎？對於弱小的人，什麼都得讓著點兒才行，知道吧？

——知道。我做一架滑翔機給弟弟好了。

——雖然大家都說，對於壞傢伙，要懲罰他。可是，什麼人才是壞人，你知道嗎？

——當然知道。欺負弱小的，一定是壞傢伙了。偷竊人家的東西的，也是壞傢伙！

我們就這樣吃完了午餐。

——我要去畫一張設計圖。

老大一面收拾餐桌，一面說。

——什麼？什麼設計圖？

——滑翔機的設計圖。

——呵，你能畫滑翔機的設計圖呀？畫好了拿來看看！

他拿了紙張，尺和鉛筆占住我的書桌，開始專心地畫了起來。

六

天氣炎熱，令人想打瞌睡，我一個人躺在樹下，自言自語地說：

——竟然已經會畫滑翔機的設計圖了啊……。

直到昨天，還在同弟妹揑塑泥偶的這個孩子，如今竟然也畫起滑翔機的設計圖！想著不久之後，也許他就要告訴我他要畫一張真正的設計圖，竟一個人微笑起來。然而，占領新加坡、占領爪哇、到占領整個南洋的時候，像昨夜一樣，孩子們到底搶著誰要先攻什麼地方呢？他既然說過要讓弟弟妹妹，也許他們會手攜手一起進攻吧。但是，像富岡之類的人，就跟在後頭趁火打劫，卻壞了大事。好！我要徹底矯正他們的劣根性！

——爸，報紙！

老二拿了晚報跑來。打開報紙，正報導著裝滿南洋的財富的大船，進入港口的消息。

船上據說裝滿了米、糖和我們辛勤勞動的人們所缺少的東西。

——爸，今天配不到米。

大女兒晃動著買米簿子跑了過來。

——買不到？什麼時候才有？

——後天。

——這怎麼辦！不是說要儘量摻蕃薯吃的嗎？

她沉默不語。

——今晚就蒸些蕃薯吃吧。可是，明天的便當可怎麼辦才好……。

——明天是禮拜天呢。

——哦，對了。那就好。本來說要去爬山的……。

——去爬山嗎？啊，真高興。爸，我們買麵包去吧！

——哪來的麵包啊？

——那麼，就帶小包子去。

——小包子吃不飽。

——那就帶玉米……。

——玉米吃了，壞肚子。

——怎麼辦嘛，帶什麼去？

這時候，富岡忽然又來了。他恬不知恥地，彷彿根本沒有昨夜那回事似地說：

——昨天拜託你的事兒，無論如何請你……。

——說了沒有，就是沒有！

——真糟。老實說，我是有那麼點兒，但老婆不久就要臨盆，不能不在家留個百把塊錢，所以……。

——老婆臨盆要百把元？瞧瞧我那兒子！他只要七毛錢就生下來啦。你可真氣派！

此人的狡黠和不知羞恥，實在叫我吃驚得無言以對。老大快生的時候，我雖因身上僅有七毛錢而憂心忡忡，但也做不來以妻子待產為由，向人告貸的事。然而，這個傢伙居然……！

——告訴你幾次了，沒有就是沒有呀！

我一再地說。但他卻一點也不想走開，竟在我身邊坐了下來。

——那麼，我也到別處去借借看，你就借個十塊錢……。

我盯著他的臉，心想，不管我那些泥娃娃勇士們如何勇敢戰鬥，像富岡這種人卻跟在後頭，若無其事地坐享其成，還算什麼嘛⁉

如果不根除人的這種劣根性，人類怎麼可能會有光明和幸福的一天！我真巴不得讀者能早一天把我寫的作品當成非寫實性的故事，就像讀《西遊記》那樣，在孩子們的爆笑聲中讀過去。但願這天能早日到來。

老大已然結束了捏玩泥偶的階段，而忙著設計能真正在空中飛翔的滑翔機了。可是，我要等到什麼時候才能結束這種日子呢？……。

註一：〈泥偶〉即〈泥娃娃〉。

原刊於《臺灣時報》四月號，一九四二年四月
本篇錄自《楊逵全集　第五卷・小說卷》，彭小妍主編，國立文化資產保存研究中心籌備處，一九九九年六月出版，頁三三一～三四六，涂翠花校譯，葉笛、清水賢一郎、彭小妍校訂

導讀

——謝鴻文

在「大東亞共榮圈」的殖民野心驅使下，日本自一九四〇年開始，極力推展南進政策，更在一九四一年突襲美國珍珠港引爆「太平洋戰爭」，世界局勢因此更加動盪不安。

〈泥偶〉扣合著「太平洋戰爭」後的時局氛圍，敘述一個窮困的作家，正面臨無靈感拖延交稿的窘狀，而家中的年幼孩子，在他身邊嬉戲打鬧，桌上堆滿孩子的坦克、戰機，讓他無法專注寫作。另一方面，作家的友人劉（後來改日本姓富岡），這個投機分子，過去曾向作家借錢沒還，突然又來訪借錢，告知要去中國南京投資致富。

作家心裡不滿劉的厚顏無恥，好不容易把他趕走後，心中對善良高貴人性失落的疑惑，更引用了中國漢代東方朔的賦〈嗟伯夷〉，「不若從孤竹於首陽」句中的「孤竹」正是作家的自我比喻，他甘於窮隱在鄉間耕作農田和文學的田地，只求淡泊安逸。可是小說後半段，又出現衝突對立，由於大兒子年紀漸長，也開始有了以賺錢求富為主的思想，畫著戰機設計圖，妄想佔領其他國家，已經不再是從前那個玩泥偶的孩子了。歪斜的心思，被作家看作是人的劣根性。若把「泥偶」看成純真童年的象徵，又因為是素樸的泥土所作，純真素樸之心的消泯，作家心裡沉痛不可言喻。

輯二

記憶切片

弟兄

楊雲萍

一

「……因一時忘掉的。」他半辯解般的這樣說。

「不，不，你是故意的。你自己每天買了那麼多雜誌呀、書籍呀、報紙呀……。我要買一冊你就說忘掉！」他的兄弟欽文似很不願的這樣答應他。

他自知忘掉買安徒生童話集，是對欽文不住，但他自己以為不是故意的，況且又對欽文說出近於辯解的許多言辭。所以他再這樣說：

「Baka ne〔バカネ，日語譯音，混蛋〕，你還不了解嗎？買書是一件頂好的事，我哪裡有

阻你的呢！」

「是、是，你是故意不買給我的！哼、哼……」欽文愈現出近於憤怒的氣色。

二

「隨你的意吧！」他半覺著可惱，半覺著可笑，把窗兒一推，將上半身伸出窗外。他的眼睛瞧不瞧地向著夜裡的東京市——夜裡的東京市卻脫不盡白晝時的喧囂，幾多電燈在黃塵濛濛裡，車馬轟轟裡明滅。

「什麼隨我的意，只顧自己的壞東西！前天你要我去買什麼麵包，我買的些不合你的意，你就罵我！哼……。」欽文將他的案上的雜誌報紙等一並擠下來。

「好！」他本能的躍進欽文那邊，要拿住欽文。然而欽文已經跑下樓下去了。幾分後，放肆的哭聲在樓下振動這夜裡的大氣。

「不要哭！我明天就買給你，隔壁的人們也要睡啦。」

但是欽文是老不住的哭。

「念什麼書！」

「來這兒東京做什麼！」他半自棄地這樣自言自語。

一面整頓那被擠下來的雜誌報紙等，一面追想在臺灣家裡時的情景——小溪裡的摸魚，竹仔山的吃龍眼，晚飯後的談笑等。

三

「呵，十二點了嗎？」

他瞧著壁上的時鐘，疲倦地離開圓椅子，關下窗兒，慢慢地走下扶梯。

欽文已經睡得不知天地了，把被單踢在一邊。一副鈴般的眼睛輕輕地合著，微紅的雙頰還留下淚痕。薄汗衫的扣子沒有扣上，露出豐柔的胸坎來。

「呵，不成，要感著寒！」

他已經完全把先前的風波付之流水了。微笑說：

「我叫你不要哭，而你要哭。」

仔細地，拿上被單放在欽文的腹上……。

一九二六年八月十五日

原刊於《臺灣民報》第一一九號，一九二六年八月二十二日

導讀——張怡寧

楊雲萍在一九二〇年代臺灣文學運動的開拓期中，寫了不少新詩及小說，是新舊世代知識分子交替的典型。題材多半來自生活見聞，篇幅也比較緊湊，但往往能帶出凝煉的美感與蘊藉的深意。像是短篇小說〈弟兄〉，就是他負笈日本求學期間發表的作品，楊雲萍在短短的篇幅中，透過因買書而起的風波，刻畫出一對兄弟在異鄉生活的手足之情。

〈弟兄〉寫留學於東京的一對兄弟，因為哥哥忘了弟弟欽文託付購買《安徒生童話集》，於是兩人起了口角。弟弟欽文不斷的哭泣，而哥哥只能藉由回想過往在故鄉臺灣美好的情景，來平復內心波動的情緒。文本最後，還能看到哥哥為哭著睡著的弟弟蓋被子，避免著涼，那樣的手足溫度，蓋過了爭執下產生的僵局。

值得注意的是，文中引起爭端的《安徒生童話集》，是日治時期臺灣新文學作家作品裡首次出現，不僅顯示了弟弟欽文的閱讀年齡，也揭示著臺灣知識分子接收西方現代文學思潮的情況。一如楊雲萍後來在一九四六至一九四七年主編《臺灣文化》期間，曾刊載許多兒童文學作品。從創作〈弟兄〉到後期的編務，似乎都意味著楊雲萍在日治時期對於兒童文學的關注不遺餘力。

生命的價值

楊守愚

「你還不肯照實認了嗎？」

記得是三年前的一個冬夜吧？我一息息地躺臥在很輕暖的被窩裡頭睡覺，正在脫離了肉的、汙濁的人世間，魂遊於極自由、極美麗的天地的時候，忽襲來了一種暴厲而洪亮的聲響，卻把我的好夢驚散，把我的心靈嚇呆！

「實實——在在沒——沒有……」

這大概是一個被訊問、受審判的人的答話吧？那微弱而哀惋的顫聲，低得幾乎聽不清楚。

「莫不是東鄰的叔叔捉了賊？或者是西家的孩子撒了謊？」一時使我疑慮百出，竟摸不著頭緒來。

從此就只有哽哽咽咽、哀哀號號的哭泣聲，和那劈劈拍拍的竹板聲，存續著直到天亮。

這一晚，不消說，我自然也隨著這一場胡鬧，不能安睡，等不到天明，便趕忙爬起床來，這時候，家裡還沒有一個人兒醒，唯有廚下的那個老婆子，腳忙手亂地在做著她唯一的工作。

「你今天起得這麼早呀？」老婆子看見我睡眼朦朧地，打從房裡出來，便放下她的工作，笑哈哈地抱住我的頸項，取笑似的問道：「也許想吃奶吧？哈哈！我猜準了！」

「什麼話呢？不同你講啦！」我不睬也似地掙扎著，兩隻手只管揩眼睛。

「你不同我講？那麼，我就不煮飯給你。」

「你常常要笑我想吃奶，我偏就不同你講啦！」我撒嬌地說。

「哈哈！你這孩子真乖覺，同我說吧！你為什麼今天起得這麼早呢？」老婆子一壁兒說，一壁兒拿了一條油炸粿給我。

大凡小孩子，只要有了吃，就什麼事都說：我當然也是一樣的，我一面咬著油炸粿，一面便津津地說道：「昨晚你不曾聽見劈劈拍拍的竹板聲，和哀哀號號的哭泣聲嗎？……」

「什麼？沒有哪，什麼時候呢？我不曾聽見！」

「大概過一兩點鐘了吧？呀喲！我很害怕！想來一定是東家的叔叔捉住了賊？打罵得很利害，倒把我驚醒。」我說時不住地打著寒噤。

「什麼？東家叔叔捉了賊？為什麼我會不知道呢？」

「什麼話可說給你這聾婆子聽見呢？」

「嗄嗄！是啦！老了就不中用，便事事都不能聽得清楚……不過，也許是因為昨晚太疲乏了，睡死了哪！」

我又說了一大堆昨晚受驚的事情給她聽，她幾乎忘了她的工作。

一會兒，飯熟了，我就照例洗洗臉、嗽嗽口，隨便吃幾口飯，收拾收拾書包，便跑到學校上課去。

正午放課的鈴聲「鈴鈴鈴……」地響了，這是多麼教人快活的一個福音呀！我拿上了書包，便又一口氣地跑回家來。

只見間壁景祥舍的大門前，圍住了一大堆人兒，好像在瞧什麼熱鬧似的站著，有的探頭探腦的向門內望，有的搖頭咋舌，有的站在旁邊竊竊私議，有的長吁短嘆、雜踏紛紜，頗呈紊亂的樣子。

「前天清江兄說：他爸爸要買一臺活動影戲給他在家裡開映，現在莫不是在開映了哪？真快活……」

這麼一想，不覺使我歡喜得雀兒般地躍跳起來，一心只想看看活動影戲，便也就忘卻了肚子餓不餓，時間遲不遲了，便使盡平生氣力，拚命地一直跑近前去和人家混在一起。

可是身材太矮小了，瞧熱鬧的人又多，那裡瞧得著呢？只得再拚命地亂闖，闖到人叢隙裡進去。

失望啦！裡面那裡有什麼活動影戲呢？只見門內的左旁，仰臥著一個小女孩、很無力地仰臥著，面部不但沒有絲毫血色，還帶著許多鱗鱗的，像是被毆打的傷痕，一個紫黑色的嘴唇，又不時流出涎沫來，大約是和死神最接近的一剎那？她那垂死的樣子兒，實在很夠引人下淚。但當時我卻不曾意識到「死」字，只見得那小女孩的臉色，實在怪難看，只覺得有些兒毛慄吧了！

「那不是秋菊麼？為什麼躺在那裡呢？莫不是又挨打了，人家不給她床睡了麼？」我這麼想著，險些兒破口說了出來，但終於忍住了口、只是不住地猜測。

「什麼事呀！」這是一個工人裝束的人問的。

「景祥舍打傷小婢子呢！」一個傴僂著身子的進興伯說，說時還伸著他梗木似的指頭，向那裡面指著。

「為什麼事情打她呢？」另一個人問。停了一會，伸一伸脖子看看仰臥在地上的秋菊，又自言自語道：「怎麼打得這麼厲害呢!?」

「聽說是因為早晨約二點鐘的時候，景祥舍回來，肚子餓了，叫這個女婢拿碗去買點心，大概這女婢不小心吧？竟把一個碗打破了，所以才被痛打起來哪！」

「不！我聽說是失卻了金約指咧！」一個站在我的身邊的人這樣辯道。

「唉！一個少小的女孩，就使打破了碗，遺失了金約指，又何必這樣毒打呢？這未免太……」又有一個很為不平的說。

這才使我明白了昨晚的胡鬧，這一來，竹板聲呀！哭泣聲呀！又好像怒濤一樣地，重新湧現於我這小小的一個腦海裡，無端地又使我幻想出當時秋菊被打的慘狀來。一霎間，腦海竟變成了一臺活動影戲機，把想像的幻影，一幕幕地開映出來，甚而使我聯想到她的身世。

我記得她初來的時候，是在老昨的一個年末哩？那年她剛剛八歲，因為她的體格生得很矮小，所以看起來實來只有七歲的常兒大。兼之因為家裡很窮，營養不良，更加阻礙了她的發育。

她初來的那一天，適纔我和清江兄在他家裡玩。她是跟一個年紀約有四十來歲的中年婦人來的。她當時的那一種羞怯、恐怖、悲戚的情態，到現在我還不會忘記掉。她老是一動也不敢動地站在那個婦人的身邊，那種侷促不安的情動狀，幾無異於將進監獄的囚徒，也正如人家所說的「驚弓之鳥」似的。那是多麼可憐呀！

從今以後，她就像入籠之鳥似的，永遠地過著不如意的生活，不自由的生活，和非人的生活了。她那做小孩所應有的天真爛漫的態度，和愉快的享樂，就被那青面獠牙的惡魔，掠奪了去，什麼娛樂呀！教育呀！她更加連做夢也想不到。

她每晚都要遇到十二句鐘才得睡覺，早上又須五點多鐘就要起來，她每天的工作，老實說，就是一個成人也還擔當不起。每早起床就要掃地、拭椅棹、換煙筒水、煎茶、排水、洗衣服、洗碗箸、買菜蔬、搥腰骨、清屎桶、當什差、守家門、還要管顧小主人，這麼多的工作，都要她一個人擔當。萬一不提防，不小心，還要飽嘗那老拳、竹板、繩子的滋味呢！

她可以說沒有一天能夠平平安安地過日子，不是說那樣做得不好，就是說這樣辦得太錯，一日裡，至少都要挨一兩次打，被責罵幾百聲，這可說是差不多已經成為定例了。

我記得有一次，大概是為的管顧小主人吧？因為她的小主人要爬到桌子上拿什麼東西吃，自己不小心，從椅子上跌倒下來，有些微負傷，她的主婦便誣說她故意使她小主人跌傷的。竟把她「雕龍蝦」般地，吊了起來，惡狠狠地毒打一頓，打得全身腫痛、遍體鱗傷，甚至那天又不給她飯吃、不給她被睡。

哎唷！小小的一個八、九歲的女孩，怎經得起這樣暴壓、暴刑呢？因此，她在這一晚上便發熱起來，熱得幾乎人事不省，世事不知，這一場大病，約經過了一個星期之久。

這番病的，假如是她的小主人，不知道醫師要請幾十個、藥方要服幾十帖了，可是她呢？卻沒有一個人來睬她。不特沒有人要睬她、憐她，還給她的主人、主婦說她是躲懶，冤她是裝傷，一直迫她拖命工作，工作遲了，又要挨打，到現在說來，我還替她可憐，替她戰慄呢！

經了這回的重病以後，她的臉色，也就此變更加青黃了，她的四肢，也就此弄得更加消瘦了。人家說：「食穿無，打罵有。」她的一生也正是如此的。

我正在像做活動影戲一樣地把我腦子裡頭的幻象，一模、一樣、一幕、一節地，循序演映出來。想得正在很出神的時候，忽然背後伸過一隻手來，把我的手兒拉著走，不覺倒使我嚇了一跳。翻轉頭來看時，原來就是我家裡廚下的那個老婆子，她說我媽媽叫我吃飯，我只得悵悵地跟她走開。

當這事經過了好久以後，方才曉得秋菊的死因不是因為打破了碗兒，更不是遺失了金約指，卻是為了一個小小銀角。這是那個廚下的老婆子同我媽媽說的。

因為這一晚，景祥舍夜深賭輸了麻雀回來，心裡很氣惱，肚子裡又餓，就叫起她到大街上買點心去，誰知她因為在夢中被他喚了醒來，免不了還帶有幾分睡意，湊巧竟把一個銀角丟掉。唉！該死該死！景祥舍便更加大發起脾氣來了。這一下，就把她吊了起來、拚命地痛打。

聽說景祥舍強說一個銀角是被她偷了去的，不是真的遺失。她呢？因為沒有事實，當然是不肯承認的。所以便把她吊起來，一連打了幾個鐘頭，直打到暈來死去了好幾次，終於被打死了。

「你還不肯照實認了嗎？」

「實實——在在沒——沒有……」

哽哽咽咽、哀哀號號的哭泣聲……

劈劈拍拍的竹板聲……

這幾種無情的音律，不住地時時打動了我的耳鼓，像在奏著淒涼、陰鬱的歌曲。只要我閉一閉眼睛，就活真活現地、看見了她仰臥著的身子，傷痕遍遍的臉面，涎沫直流的紫黑色唇兒，這一來，給我一個垂死的慘狀，和一個銀角的影子，永遠地，印象在我這脆弱的小心靈裡。

唉！生命的價值——一個銀角！

原刊於《臺灣民報》第二五四～二五六號，一九二九年三月三十一日、四月七日、四月十四日

導讀　——張怡寧

楊守愚是日治時期臺灣新文學作家中，筆名最多的一位。不僅寫新詩、傳統詩，也創作小說。其中，他的新文學小說已有超過六十二篇整理出土，是日治時期文學最多者。有意思的是，他在小說中關注的對象，大致可以分成：一、農工或無產失業者，例如描寫荒村裡被農租壓迫的佃農故事〈升租〉，或描寫被地主欺壓的工人故事〈凶年不免於死亡〉。二、弱勢女性，像是不願嫁給無賴而發瘋的〈瘋女〉等。這些作品的題材將觸角延伸至對國家權力的批判，高度關注傳統社會裡封建制度下的陋習及階級問題。

像是楊守愚在〈生命的價值〉中，以第一人稱「我」，倒敘出過往記憶中，有個年幼的悲苦婢女秋菊，因為銀角遺失及主人的任性而被活活打死的故事，字裡行間彰顯出富有／貧窮、劣紳／婢女、強勢／弱勢的不對等位置。有意思的是，主人翁「我」只曾在暗夜聽到哀嚎的哭泣聲及響亮的竹板聲，其餘相關細節都是靠街頭巷弄的議論得知，自己無能為力為秋菊解圍，旁觀的大眾亦使不上力，楊守愚以戲劇般的張力，隱喻著殖民地人民的生命價值，似乎連一個銀角都不如。這些黑暗面和掙扎面，可說與新文學運動中反抗、反封建的精神一致，道盡了一個苦難時代的希望與悲情。

黑妞

龍瑛宗

冬天的燈影寂寞地投射在瀝瀝的柏油路上，我拖著木屐嘎啦嘎啦地走著，突然間，我想起了她一定是叫作阿燕的少女。

那兒是本島人街——大稻埕的一角，一爿十字路口的有點曖昧的喫茶館。其鮮豔俗氣的杏眼桃腮，有三個十四五歲的女招待站著等待顧客的來臨。其中穿上濃綠色衣服和白色圍裙的圓臉少女，是我所認識的，我想呼喚她的名字，但端詳一下，竟是看錯人了。

在世間，面貌相似的人很多哩！不覺苦笑著，就要走過去。

但一味淘氣的少女們，賣弄風情地喊叫起來：「喂！來坐嘛！」

她們的濃妝豔抹，雖在傍晚仍然那麼明顯，嘴唇紅得令人不忍，而且有點討厭，但

討厭裡又覺得有些憐憫之情，我不管那些終於走過去了。

有關阿燕的回憶，連結在某年夏天裡的一個蕭條鄉鎮。為了度過學生生活最後的一次暑假，避開城市的塵埃和吵鬧，於是携帶了被褥等來到中部的N鎮。在那裡我有親密的友人，由他的介紹，我前往一位沒落世家廖大悲先生家寄居。

在那裡，我想好好研讀馬歇爾，便將他的《經濟學原理》帶來。

廖家雖是舊房子，丹青的模糊痕跡仍然看得出，灰色牆壁掛有雄渾的書法，他們那種古色古香的生活，頗使我滿足而喜悅。

舊房子在鎮尾，被青青的田園迴繞著，前面有灰白的小徑，排列著尤加利樹，在晨風裡微微抖動著甚覺爽涼。

廖大悲五十出頭年紀，胖敦敦的，常常笑起來有誇張的味道。而廖夫人也是半百年紀吧，卻削瘦如枯柴；常嚼檳榔，呸！呸！地吐朱紅色汁液，並閉上嘴唸唸有詞地罵個不停。

她纏足，像把乾樹枝的小腳東倒西歪地走來走去，恰似背著古代婦女的悲劇，我對她雖不懷什麼好感，但仍覺得有令人憐憫之處。不過，她面對我時總是忽然滿臉皺紋起來裝出和藹可親的樣子。關於廖氏夫婦的事情，需要敘述的地方還很多，這裡且擱下來吧。

嗅！忘了講出來，廖夫婦有個公子，到日本的學校留學去了，由於某種緣故於今年暑假不歸省。

叫作阿燕的少女，就住在這個家庭裡。

阿燕十二歲，是有點喜歡賣弄小聰明的少女，圓臉上的眼眸大而漂亮，膚色黑黑的；大概被太陽曬黑吧。阿燕平常穿著不到膝蓋的短褲子，而且藍色的衣服破破爛爛的，而且因汙垢和黑煙而髒兮兮的。

廖夫人常「黑仔」、「黑仔」地叫她，這時候，阿燕一定用高昂清脆的聲音「是！是！」答應著。阿燕的眼睛雖澄清而漂亮，但有時候帶著下流的眼光；那是她不能進去的地方，她卻強要擠進去。可以說那是不應該屬於女孩子的眼神。

阿燕是廖夫妻的養女，她三歲的時候，以一百五十圓被賣到這裡來，她的親生娘，用賣出女兒的金錢，搬遷到東部的臺東去。關於親生爹娘的記憶，阿燕一點也沒有了。在那以後，她一次也沒有看到親生爹娘。

廖夫人由於纏足，偶爾上街買菜以外，什麼也不幹，家裡的一切由阿燕一個人擔當。

在清晨，她早早就起床，煮飯、打掃忙得轉來轉去，這個時候，看不出她是可憐的少女，她幹得很有勁。然後，洗衣服、煮中飯、被使來使去，一整天都那樣忙碌，一點歇息的時間也沒有。

這個地方沒有在澡盆沐浴的習慣，不管怎麼樣渾身汗水淋漓，擦一擦身軀就算了。當廖夫人覺得不舒服時，阿燕就把開水倒進水桶，用絞乾的毛巾替她那乾巴巴的肌膚擦一擦。到了夜晚，阿燕就累得像什麼似的。

在摺疊晾乾的衣服的時候，她打起盹來了，恰巧地被廖夫人看到，「哎呀！這個女孩子又睡著了，真是沒有辦法的丫頭」。這一聲大喝，使她倏地被震動起來；把眼眶睜開，獨自笑笑，這才又慌慌張張地動手了。

很悶熱的下午，陽光射進的窗簾下，廖大悲鋪著蓆子，彌勒佛般地挺出大肚子酣睡。我坐在桌子前，翻開書本，但覺得沒有精神看書，由於灼熱如焚，雖勉強看也無法看下去，因此，靠在桌子邊，不覺地便落入昏昏淺睡。

廖夫人好像有什麼事情上街去了。

在廚房裡，只有阿燕一個人。

風，死掉了，一點動靜也沒有。只有時鐘的聲音，正確地擺動著。……好像在遠方，有吃吃的竊笑聲，一下子又停了。我似睡不睡地陷入鬱悶的瞌睡。

突然間，我感覺口渴想喝水，於是前往廚房去，好像被阿燕敏銳地看到了。「嘻、嘻……」她發出笑聲，摀著臉蹲下去。

我覺得奇怪，便問一問。

「怎麼啦？」

「……」

阿燕只顧傻笑。

我越發覺得奇怪，走到她的眼前去，阿燕倏地站起來從我的身旁鑽跑過去，衝到外面去了。我發現到阿燕的黑臉塗抹了很厚一層皎白的白粉，看起來非常好笑。但奇怪的是我竟笑不出來，彷彿觸到嚴肅的事實，女孩子所喜愛的事物。我禁不住深思起來。

土磚牆的廚房有些幽暗，爐竈、水缸和日常器具都罩上了一抹影子；但在外面洋溢著炙熱而慵懶的陽光，從那照耀的光線裡，少女的天真笑聲仍然飄過來。

晚上，我抓住了阿燕，戲問：

「阿燕，妳最喜歡什麼東西？」

「……」

阿燕笑了笑，不肯回答。

「還是穿漂亮的衣服，愛打扮，對不對？」

阿燕遲疑一下，終於乾脆地答覆著：

「嗯，對了。」

「為什麼呢？」

「為什麼？我不知道。」

「阿燕，妳是漂亮的女孩子哩。」

阿燕高興的伏下臉。

「但是，阿燕，穿漂亮衣服而打扮的，都是不幹活的人。」

「所以，我想做女招待。」

「做女招待生？」

「嗯。」

「街路上咖啡館的女招待嗎？」

「是啦，我就是想做那樣的職業。」

「阿燕，恐怕妳不知道，女招待生雖然打扮得花枝招展，但那是很辛苦的活兒呢。」

「我不在乎，我要穿漂亮的衣服哪。」

一身破爛的阿燕，眼神活潑起來，好像抱著無限的憧憬似的。

我只有看過一次阿燕打扮過而且穿著清潔衣裝。那是鎮上拜拜的一天。

那天晚上，到處是擁來擠去的人群，我也置身其中慢慢地行走著。

「那個喲！」

我忽然聽到熟悉的聲音，回首一看，竟是阿燕在向同伴的少女，指著我講話，阿燕並沒有怎麼樣的害羞，向我投過來善意的眼光和淺笑。

暑假接近尾聲了，我收拾東西正想告辭的某一天，阿燕偷偷地向我說：

「我會在臺北再看到你吧！」

她悄悄地低聲說著耳語，浪漫蒂克的眼神飄揚了。

幾年幾月過去，阿燕的事情不知不覺地忘掉了。而今，意外地看見面貌酷似的女孩子，因而想起阿燕的事。

我追憶著有關阿燕的往事；她的黑臉，抹成一片皎白的可笑面孔……。陡地，臘月的乾風吹襲過來，將我的思念噗地吹散了。我聳一聳肩，在濡濕的柏油路上又邁起了步子。

原刊於東京《越洋》雜誌，一九三九年

本篇錄自《龍瑛宗集》，張恆豪編，前衛出版社，一九九一年二月一日初版，頁七三～七九，作者譯

101　黑妞

導讀——梁燕樵

一九三九年，龍瑛宗還是一名銀行職員，但他已經憑藉精湛的處女作〈植有木瓜樹的小鎮〉，在文壇嶄露頭角。乍看之下，篇幅短小的〈黑妞〉似乎僅是主角偶然因錯認喫茶店女招待而回憶起的年輕往事，小說中的「我」曾短暫寄居於一個沒落世家，並遇到了一個叫作黑妞的小女孩，黑妞名為養女，實為買來的傭人，她必須獨立承擔所有的家庭勞動，不得半刻閒暇。

然而在看似漫不經心的回憶語調中，龍瑛宗卻使用了一連串的對比結構，試圖在這個小女孩身上濃縮整個時代的掙扎與無奈。首先，黑妞的日夜操勞與廖夫人的終日閒暇形成對照，小說有意提醒我們廖夫人的無所事事恰與「纏足」這個舊式婦女的標誌息息相關，而從「纏足」中解放的年輕小女孩卻又悲慘地陷入無窮盡的勞動循環。小說的轉折之處在於，「我」無意中發現這個皮膚黝黑、衣服破爛的黑妞，竟然渴望著白皙面容與漂亮衣服，「我」從黑妞的眼神中看到某種大膽、僭越的想法，然而在那個時代，片面的解放只能導出扭曲、偏執的抉擇。黑妞既要拚命幹活謀生，又想穿上漂亮衣服，那麼唯一的道路就是濃妝豔抹、賣弄風情的女招待生涯。

水牛

楊逵

距離鎮上約莫五百多公尺的東邊山腳下，有口大池塘。朝裡去是一座長滿了相思樹的小山，這一邊的堤岸上，則爬滿了綠油油的青草。堤岸稍稍寬廣一點的地方，四株高大的芒果樹，給四周造出一片寬闊而涼快的蔭涼地。草原上，有幾隻水牛和黃牛，啃著草慢吞吞的走動著。不時有烏鶖停歇到水牛頭上來，山上的樹林裡則棲息著數百隻白鷺，遠遠地望過去，彷彿開滿了一樹樹的白花。那是一片靜謐而悠然自得的景色。我對於短時間內能夠在這個地方鬆弛一下在東京的學校裡繃得太緊的神經，深感幸福。

同時，這口池塘的水又涼又乾淨，因而我整個的暑假，幾乎可以說天天都在這裡消磨過去。一開始我連十公尺也游不到，但一個月以後，竟也可以從從容容的游完一百公尺了。蒼白的面色也變得如同一個黑鬼，身體也強壯了起來。

我每天到這兒來避暑，不覺間同阿玉交上了朋友。這是比這片大自然的美景益加令我高興的一件事。

阿玉是個漂亮的農家女孩，尤其在牛背上的那副模樣兒，簡直就是天使一個。同時，她又是個手不釋卷的可佩的姑娘。騎著牛到這兒來的時候，她那雙手始終離不開書本，當其他放牛的孩子窩在芒果樹下，用磨成銅板大的瓦片學著賭博的時候，阿玉也總是離開大夥兒，一個人躲到角落裡看書。

一天，我對著躲在芒果樹下看書的這個可佩的少女搭訕道：「小姑娘，可佩的姑娘。」

聽到我的呼喚，那女孩就害羞的把書本塞入懷裡，一溜煙似的跑掉了。她跑往草原那邊，攀到正在悠哉悠哉的啃著青草的牛背上，走向雜樹林那邊的草原上去了。她那副天真浪漫的樣子，不由得令我笑將出來。

我再度跳進池塘裡游泳，心想，難得有這麼孜孜不倦的女孩，一面爬上對岸，只見她騎在一面吃草、一面漫步的牛背上，一心一意的看書。

那以後，每天碰面的時候，我總是親切的向她攀談，她於是逐漸習慣下來，也就不再跑開了。後來她告訴了我她的名字，又說小學三年級下學期，當她父親要她停學在家照管水牛的時候，她曾經悲傷的哭過。

「為什麼要妳停學呢？你父親也未免太不明事理了……。」

我說這話原是想安慰她的，她卻噙起眼淚說：「不，我父親才不是不明事理呢。他要我停學的時候，他自己也哭了。是因為我媽死了，沒有人照管牛了嘛。」

「妳母親過世了！那可真慘了！那可真慘了！」我重複著說。

由於阿玉眼看著就要哭出來，看著她那張臉龐，我也禁不住感到悲傷，只得別過臉去。

之後的一個多禮拜當中，我們每天都離開大夥兒，在樹底下天南地北的閒聊。她雖然只有十二歲，卻很能記得家裡發生過的大小事情，且儼然以一副大人的口氣敘述給我聽。她告訴我，她父親為了避免地主收回佃耕地，只好被迫和其他的佃農競相哄抬地租，使得今年吃了個大虧損，把全部的收成統統繳給地主之後還差上兩石的稻穀，而為了無法繳納那兩石稻穀，地主反而要收回佃耕地，她也告訴了我當客運公司的公共汽車通車之後的道路修補工作，以及建造某某工程時候的苦況。

「這個就是那時候留下來的！」她嘆口氣，給我看了看大腿上的傷痕，但緊接著又羞怯的用滿是補釘的褲筒遮住。

她精神可嘉的表示，她準備努力讀書，以安慰她可憐的父親，因而那以後我便盡可能不去打擾她讀書，同時，自己也把書本帶來閱讀。遇到她有不懂的地方，就替她詳加解釋。她輟學以後也不過只過了一年的樣子，如今讀的卻是五年級的課本。據她說，在校時候每學期都拿第一名，而她的確也是個領悟力強而又記性好的女孩子。書本是從鄰家的小朋友那裡借來的，因為買不起筆記簿和鉛筆，只得撿些堅硬的地面，用小樹枝默寫或演算算術。我把弟弟看過的小學四五年級的舊雜誌拿來送給她，她不知有多快樂地翻閱著，然後把我寂寞地撇在一邊，沉迷的讀下去。

不久，阿玉忽然不再到山腳下來了。接連兩天不見她的人，令我非常擔心，便於歸途中造訪她的家。她家座落於小部落靠左的地方。整幢屋子就像要倚靠到竹叢上去一般地傾斜著。茅草屋頂上殘留著這次的颱風肆虐過的痕跡。想是抽空兒整修的吧，屋頂的三分之一覆蓋著甘蔗葉，上面用竹劈子鎮壓著。前院不見一個人，我於是繞到後院去，發現阿玉像個當家主婦那樣，一會兒煮地瓜稀飯，一會兒餵豬的忙碌著。看到了我，她微微笑，但緊接著又現出悲傷的樣子：「您來了，請坐。」說著遞過來一張已經開始搖晃的凳子。

「爸爸呢？」

「築路去了。」她一面回答，一面忙著呼呼呼呼的吹火，按著又奔到嗚嗚哼叫的小豬那邊去餵牠們。

她所謂的「築路去了」，乃是指著整修道路而言。豬圈隔壁好像就是牛欄，卻不見水牛的影子。我走近豬圈，問道：「這幾天怎麼沒有到水塘那邊去放牛？」

「水牛賣掉了。」

「怎麼連水牛也賣掉了？」

「因為我們繳不出佃租……不繳佃租，放租地就會給收回去……。」說著說著，她終於哭了出來。

「唔！」

我很感悲哀。想起了幾天前在報紙上看到的標題〈水牛的輸出〉那篇報導。報上說，數以千計的水牛替代毛豬往華南輸出，可以促進產業的發展，但直到此刻，我才明白過來要從一向只把水牛當作耕牛飼養的臺灣輸出那麼多的水牛，不僅談不上促進產業的發展，反而只把疲弊已極的農村情況，真實的反應出來罷了。

這時，阿玉的父親大喘著氣走了進來，把手裡的鋤頭扔到一邊去。

他眼看著就要倒下去的樣子。阿玉連忙用臉盆打來熱水，送到父親眼前去。天已經完全黑了下來。我的內心一片黯然。她父親帶著納悶的神情不住的打量我，我只好告辭而歸。我走在路上，了不由得陷入深思裡，尋思如何幫助被打入溝渠的這棵幼芽，獲得一個茁長的機會。

第二天起，我不再到水塘去游泳。一想到那父女倆的慘況，再喜愛的游泳，也變得毫無樂趣，那片幽美秀麗的池光山色，也不再讓我感到快樂了。我一整天在床上左思右想，卻絲毫想不出辦法來。到了下午，由於躺著很無聊，便起來在院子裡轉來轉去，人就是沒法安靜下來。

我把毛巾纏上脖頸走向水塘。山光水色幽美如昨，但那份怡人幽靜，這天卻令我感到深沉的寂寞。我在堤岸上來回徬徨，始終打不起下水游泳的興頭。不一會兒我覺得頭痛起來了，便取下纏在脖頸上的毛巾，箍著綁在頭上，走向放牛的孩童們正在歇息的芒果樹下。平時總是學著賭博，嚣鬧個不停的村童們，今天似也顯得有幾分落寞。淘氣大王阿明直挺挺地躺在草地上，也有兩三張熟面孔不見在場，其他的孩童則壓根兒忘記了賭博那回事那樣，有的傻楞楞的坐著，有的則歪躺在那裡。

為了排遣自己內心的寂寞，我搖醒了淘氣大王阿明：「喲，你們今天可真老實啊。」

阿明張開眼睛望了望我，但立刻又閉上眼睛躺了下去。我益感寂寞的站了起來，胡亂的走來走去，望望草原那邊，就連水牛都彷佛不勝寂寞的在那裡吃著草。這真是奇怪了，我納悶的看著，終於驚訝的發現了那些水牛顯得落寞的原因。原本平時比黃牛的數目多得多的水牛，這天變得少多了。悠遊漫步的水牛，只要數量多，總也會給人一種很熱情的感覺，如今突然減少，儘管牠們的活動並沒有變化，卻給人一絲落寞的悵惘。

「這些孩子也是被搶走好玩伴的一夥了。」我直覺地感覺著：「這麼一來，村子裡可就慘啦。」突然之間同眾多的知心好友死別了的那種刮心的寂寞，從心底裡侵襲上來。

我無法再待下去，連忙逃回家裡。然而，等候在家裡的，並不是可以安慰我的事物。這樁事在我的內心種下了反抗的種子。而無以排遣的我這份反抗心，又使得我更加的寂寞，更加地痛苦。我坐立難安地奔回自己的房裡，但內心的苦惱卻只有越來越甚。正如被拐子硬逼著向所愛的人們生離了的人那樣，我同時經歷了不安、寂寞、和憤怒。原來，我父親把阿玉弄到家裡來當作丫鬟，做為抵押。據說，阿玉的父親為張羅要償還給他地主的兩石稻穀錢，和為了能夠繼續承租下去而做的其他種種準備，需要一筆五十圓的整錢。單是這樣的話，倒沒什麼，壞就壞在父親經常把這一類的小姑娘買回家裡來，到了那些女孩長大到十五六歲的時候，便奪去她們的貞操，使她們變成自己的小妾。家裡現有的三個小妾就是這麼來的。我咬緊牙關，在床上輾轉地忍受著痛苦的煎熬。因為我曉得阿玉的父親不太有可能張羅到五十圓這整筆錢，叫自己的女兒恢復自由的一天。那麼，阿玉已經就等於被我父親買回來做小妾了。

原刊於《臺灣新文學》第一卷第一號創刊號，一九三五年十二月二十八日
本篇錄自《楊逵集》，張恆豪編，前衛出版社，一九九一年二月一日初版，頁五九～六五，
劉慕沙譯

導讀

——謝鴻文

〈水牛〉這篇小說的背景是一九三〇年代的臺灣農村，當時農民生活水平低落，時機不好時，甚至買不到米糧，生活刻苦得靠撿田螺煮湯喝維生，婦女兒童也必須去打零工維持家計，導致兒童無法入學。這些景況，有部分在楊逵這篇小說裡被反映出來。

小說透過一個富家少年的眼光，溫柔且帶悲憫的看待農家少女阿玉的悲情命運。少年初次遠望阿玉，只見她騎在牛背上，雙手始終離不開書本，「簡直就是天使一個。」阿玉氣質和其他農村孩子的反差，但命運卻多舛。她因媽媽早逝，家中無人協助爸爸照管牛，不得不停學在家。

然而這還不是悲劇的終止，阿玉的爸爸無法繳納兩石稻穀，地主要收回佃耕地。悽苦至此作者仍不罷手，繼續描述阿玉家不得不賣了水牛，爸爸改去做鋪路工作，阿玉也被賣到少年家當作丫鬟，做為抵押，將來還可能被納為少年父親的小妾，這真是情何以堪的處境啊！然而，少年只能哀愁無奈看著這一切發生，他無法阻止，只能心中壓抑難過，少年之煩惱，正是自稱「人道的社會主義者」的楊逵的憤怒，就用文字沉重寫照了那年代貧富不均，階級不公，以及女性社會地位低落等發人深省的問題。

輯三

家族輪唱

重荷

張文環

母親說：反正是掛國旗的假日，不去算了。但是健認為掛國旗的日子去學校才是最快樂的一件事，說什麼也要去。

「要去的話你就替我挑這個，可以嗎？」

健望望那看起來不輕的香蕉擔子，想了一下，才朝著母親點個頭，「嗯」了一聲，身子一屈，挑起滿滿兩米袋的香蕉就邁開大步先走了。

「在市場旁邊等我，知道嗎？小心，跑那麼快多危險啊。」

健嘔氣似地，嘴裡答：「好。」一腳下卻故意跑得咚咚作響。母親也急急拿起背帶套在才剛兩歲的弟弟腋下，用力往肩上一帶，但是因為肩上還要擔扁擔，所以孩子就像一

只布袋似地鬆懸在背上。背帶纏了幾圈，然後牢牢在胸前打了一個結。隨後拿起扁擔，彎腰挑起裝在二只甘藷籃裡的香蕉。估量大概有六十來斤重吧？加上健所挑的那些，合起來少說也有八十斤左右。母親挑著重擔，步履艱難地走著。晨曦才剛爬上蕃薯田，停在紫色蕃薯花上的蜜蜂彷彿還在睡夢中。花葉上的露珠提醒了母親，教她後悔不迭。

「早知道該把汗衫給脫了。」扁擔沉沉地壓在阿春嫂肩上，她縮縮脖子，想換個肩膀。也趁這時候把額上的汗擦了擦。心裡盤算著上了坡就要把汗衫脫掉，可是抬頭瞥見坡上一夥男人在那裡歇息，只好打消了這個念頭。但不知健跑到哪兒去了？健爬上坡以前並不知道自己背部已經完全汗濕。他一面走，一面胡思亂想著母親從來就只知道要他幫忙做事，卻不曾買過一件漂亮的衣服給他。她會不會是後母呀？要不然怎麼……

「什麼東西卻只給源仔！」有時他也會跟弟弟吃飛醋，為自己打抱不平。母親有一次就故意逗他：

「是呀，源仔是我兒子，你又不是我親生的，是收養來的喔。是由石頭裡蹦出來的。」

偶爾回想起這件事，他心裡就有疙瘩。或者是真有其事呢！典禮會場已經布置妥當了吧？主要的工作大都昨天就做完了，今天所要做的，不過是在花瓶裡插插花而已。要站在那些美麗、可愛的女孩身邊，如果沒有體面的穿著，那該有多窘、多不相襯啊。唉，說不定還是不到學校去的好。想到這裡，他忍不住要抱怨自己為什麼不生長在城裡富貴人家家裡，而要做窮鄉下人的兒子。健一路走一路想，幾乎把後頭的母親給忘了。上了坡，得卸下擔子休息一下才行。卸下擔子，朝山腳下望了望，原想要是看到母親跟上來的話，就要繼續向前趕路的，可是母親居然還不見蹤影。這麼說，她是還沒有過橋囉？看樣子是可以好好喘口氣了。他解開上衣的釦子，敞開胸膛，一陣涼颼颼的冷風吹來，背上好像黏了一塊濕答答的布在上頭，怪難受的。或許還是繼續向前走吧？這時，他卻一眼瞥見被香蕉擔子壓駝了背的母親從山坡下吃力地走上來。健的腦子立刻陷入混亂，走吧，可是母親究竟爬不爬得上這個坡呢？看母親吃力費勁的樣子，健突然心疼起母親來，覺得母親好可憐。

「好哇，健。如果你真那麼討厭娘的話，我就死了算了。死了你就知道了。現在你不聽我的話，我死了，你或許就會懂事一點。」

健想起有一回在田裡跟母親頂嘴的時候，母親這麼說過。

「媽媽！媽媽！走得動嗎？」健忍不住朝著山坡下的母親大喊，眼淚差一點就流了下來。搞不好母親就真的在這半坡上喘不過氣來咯血死了。健想著，迫不及待地便往山腳下疾奔過去。

「健，你好不容易才爬上坡，又跑下來幹什麼？」母親氣喘呼呼地說，健看母親開了口，這才鬆了一口氣。

母子倆一步一趨地上了坡，找一塊平坦的地方休息。幾個莊稼漢打從他們身邊走過。

「母子倆一塊幹活呀？辛苦囉。」

「女人跟小孩子，沒辦法，簡直要命哩。」

莊稼人跟母親寒暄了幾句便走了。直到完全聽不到腳步聲，也確定沒有人再走近，母親才再開口：

「健，你在這裡替我把風，娘很熱，要脫掉一件衣服。小心，要牽著源仔，別讓他跌跤了。如果看到有人來了，你就咳嗽知道嗎？」

母親撥開草叢，走進裡面。健正在替弟弟擦鼻涕，母親就挾著父親的一件針織襯衫走出來了。

「好了，繼續趕路吧。衣服脫了，小心著涼喔。」

母親彷彿是自言自語，說給自己聽似地。她急急忙忙背起弟弟，擔子上肩便再往山坡下走。這回健再也不肯撇下母親一個人獨自走了。太陽已經升越右側山峰，照得四面原野一片耀眼的金光。下了這個坡還得攀越另外一個山坡才能走出平坦的道路。健的家跟R鎮相去有一里半的路程，因為路途遙遠，所以健一直等到九歲才開始念一年級。如今他已經是三年級的學生了，這條路雖然來回走了幾年，只因為今天肩上擔了東西，所以格外覺得長路迢迢，沒個盡頭。走過合歡的林蔭道，再穿過相思步道，路就平緩了。剛才所想的事情已經一股腦兒拋在腦後。因為公學校就在這附近，林蔭深處隱隱傳來孩子們喧騰的鬧聲。一下了坡來，兩隻膝蓋已經僵硬得不聽使喚。彷彿就在原地踏步似地，也跟上、下坡時一樣，身體好像根本未向前進。因此踩在地面的聲音也就特別響。事實上，下坡時也像在跑步，身體往前傾。只是挑著擔子的人本身感覺不像旁觀者那麼明顯罷了。走到學校前面，健不時要脫帽子向路過的老師行禮。老師的金質杓形肩章在陽光下閃閃發光，連腰際的佩刀也燦然生輝。跟平日所見的老師、跟教他讀書的老師似乎不一樣。就像老師有一次指著身上的佩刀，說：

「你們看這個，肯用功的人就可以獲得這份榮耀。」

健始終把這句話牢記在心裡，可能的話，他也想去讀師範學校。可是想想那樣出人頭地、衣錦還鄉的日子畢竟離自己太遠，內心又不免有些遺憾。啊，那金質肩章、那金色的紋理，健摒住呼吸，竭力避免扁擔下滑，脫帽向陳老師行最敬禮。那樣畢恭畢敬就宛如自己是偉大人物的僕人。——那把佩刀不知道夠不夠快，哪天試拿來削削竹筍就知道了——他想起這個笑話，心下不覺快活起來。啊，還得再來一個最敬禮。這麼麻煩，乾脆帽子不要戴算了。——雖然警察先生也配掛肩章，可是那花紋卻有點像拉麵，而且老師的肩章看起來要閃亮、神氣多了。所以當然是老師的比較好，對老師自然也就更尊敬些。但是警察很可怕，老師卻一點也不，究竟以後自己要當什麼好呢？健愈想愈複雜，愈想愈遠。母親看到他頻頻彎腰敬聽不迭，似乎自己也覺得不好意思，便提醒兒子：

「小心走啊，別摔跤囉。」

健幾乎忘了肩上的重擔，全神都貫注在那金質肩章的事情上。大體這樣的日子裡自己都得這樣挑著擔子。不敬禮應該也沒有什麼關係。因為敬禮時失去平衡，可能就會重心不穩踉蹌跌倒，要做出完美的鞠躬姿勢是不可能的。或者，老師應當也會留意到他肩上的擔子，體諒著他一點，不會責怪他才是。可是想到自己的操行，就不知道老師還會不會再給他一個甲？三年來，自己一向是規規矩矩地鞠躬、行禮，但是關於禮節，似乎還是很難做到盡善盡美、合度得體，或許該學習的地方還多著呢。是不是因為自己是鄉下人的孩子，就連骨氣也沒有了，才會這樣膽怯、畏縮，見不得人似的？就連有時候進辦公室，也總是顯得侷促不安，連手腳都不曉得往那兒擺才好。或者這跟自己不曾當過級長也有密切的關係？以後還得更用心學習才好。唉呀，現在大概已經九點過了吧？健一路想著，腳下已經跟母親來到了市場邊。母親卸下肩上的擔子，來自城中的商販便一起擁到面前，跟母親討價還價起來。

「這位大嫂，今天到處的行情都是百斤六十錢。怎麼樣？這個價錢我就買下來了。」

「沒多少東西，再多算五錢吧？」

「我多給妳五錢，妳或許又會要求再多五錢，給再多，妳也還嫌不夠。」

「六十錢實在太便宜了，這位大叔。」

「妳說便宜？我還嫌貴呢！」

這些商販一副要就來、不要拉倒的盛氣，談不妥，掉頭就走了。健看到一連來了幾個商販都是這樣。

「媽，我可以去學校了嗎？已經遲到了。」

「再等一下吧，你沒看到媽媽在跟人談價錢，一個人應付不來？」

商販又來了，這已經是第五回了。說的還是同樣的話。健悄悄地扯了扯母親的衣角。

「好吧，就六十錢吧。」

健跟母親把香蕉挑到市場稅務所前去過磅。

「八十二斤半，扣除籃子正好是八十斤。」

市場秤量索費三錢，還是由商販負擔的費用。然後稅務員開給母親一張稅單，要她支付十錢稅金。

「一百斤才十錢吧，所以請高抬貴手，就算五十斤的數吧，香蕉價錢實在太賤了。」

「那不關我的事，這位大嫂，五十斤五錢，超重一斤也要以一百斤繳稅，還是規定，所以一定要收十錢。」

「這不講道理嘛，只賣了四十錢就要繳十錢的稅。」

「不繳嗎？簡直是生蕃嘛。」

「我沒有說不繳，只是說香蕉還不到一百斤。」

「妳這個人煩不煩？難怪人家說山裡人野蠻，像生蕃！」

「什麼生蕃？說得這麼難聽，喏，拿去吧！」

母親一把搶過稅單，把一個五錢硬幣硬塞過去。母親也是要拿、不拿隨你的神氣，轉身就要離去。

「開什麼玩笑？」那稅務員一把揪住母親的背部，暴喝道。母親猛回頭，健發現她額頭上青筋暴起，可以看出這回她是真的被激怒了。

「你想怎麼樣？」

「妳還不明白嗎？到派出所去呀！到那裡我看妳是講不講理。」

「這位大嬸，」一旁邊賣豆腐的小販插了嘴：「不要自找麻煩，還是乖乖付了吧，這也是上頭規定的。」

健已經忍無可忍，他又拉了拉母親的衣袖，母親這才發覺事情果然麻煩，但也可能是她認為豆腐攤老闆講得有理，最後還是付了十錢。

「健，我們回去吧！」——母親用力地拖著健的肩膀，邁開大步。

「多拿我的錢，小心吐血拿去買藥吃。」——母親雖是自言自語，但故意說得很大聲，讓大家都能夠聽得見。那稅務員取過十錢，似乎有些尷尬、下不了臺似地，一溜煙就混在人潮中溜走了。也不曉得有沒有聽到母親的話；即使聽到，恐怕也只能裝聾作啞吧？

健認為母親是白費口舌，可是那稅務員剛才的態度、說那種話，實在也教人一口氣嚥不下。

「健，回家囉！」——母親再次抓住健的肩膀拖著他走。並沒有注意到弟弟不知什麼時候居然哭了起來。走到學校的時候，國歌的合唱已經像寧靜的湖水般漾了開來。——到了這個時候，健連說要上學的力氣都沒有了。

「走快一點，家裡的豬一定在叫了。」——母親急急趕路，健想起那一天早上的父親，腳步不得不也跟著加快。彷彿後頭有人在追趕著他們似的。將來，母親是不是也會跟父親一樣被奪走呢？健默默地一言不語。

「健啊，上學還來得及嗎？現在去還行嗎？」——母親心疼地望著兒子，可是，可是她又能怎麼樣呢？

「健，你要去就去吧？」

可是健臉抬也不抬，只是一個勁兒搖頭。

「好吧，那我們就回家吧。回去煮隻雞蛋給你。」

母親眼前鋪展開來的平坦路面像籠上一層霧的夢景，霎時間模糊起來。山谷間傳出哞——哞的牛叫聲。

她悄悄拉起衣袖拭淚。前方是一個陡坡，母子倆很快又氣喘呼呼起來。

原刊於《臺灣新文學》第一卷第一號創刊號，一九三五年十二月二十八日
本篇錄自《張文環集》，張恆豪編，前衛出版社，一九九一年二月一日初版，頁四七～五五，李鴛英譯

導讀

——謝鴻文

〈重荷〉是張文環首次嘗試以兒童視角作為敘述觀點的小說。故事一開始，主人翁健在掛國旗（指日本國旗）的假日仍然想去公學校（日本殖民時臺灣人讀的小學），覺得那是快樂的一件事，可見這樣一個臺灣孩子，已經被日本殖民政府的「國民精神總動員」同化改造成認同日本的皇民了。加上學校老師不停利用象徵榮譽的金質杓形肩章和腰際的佩刀，鼓動像健這樣的孩子以成為日本皇民為榮。健每次都會看到忘我，導致忘記肩上還挑著裝香蕉的擔子。健身上背負的重擔，表面上看是香蕉，但更深層的意涵，則是一個時代思想、社會文化的承擔。

當健跟著母親在市場，親眼見到稅務員對母親的刁難，污辱她「像生蕃」，母親不堪受辱憤慨，促使健的民族意識被喚醒，最後對去學校的興致也消失。小說裡這對母子的互動對話，一方面可以看出母親獨力撫養兩個孩子的刻苦堅韌，一方面也可以看出健的心理智識，在母親影響下的啟蒙與成長。

小說尾聲描寫母親帶健和弟弟返家歸途中，「眼前鋪展開來的平坦路面像籠上一層霧的夢景」，帶有一絲希望的把臺灣未來想成平坦道路，但日本殖民體制下受壓迫的人民與生活，則似蒙上的一層霧；這場噩夢，就在小說家筆下，把那種不安與沉痛又無處可發的心情，強而有力的渲染開來。

迷兒

張文環

今天，那對盲人夫婦又來到這小巷子裡。男的，拉著絃仔，女的背著小孩抱著月琴。那小孩的重量，好像傳到琴絃上，綳綳琴聲，聽來似乎帶著一抹慵懶。賣土豆湯的小吃攤老闆大目仔，每逢盲人夫婦來到，彷彿胸口都要跳起來了，恨不得幫著盲太太把背上的小孩卸下來般地，急忙招呼他們。

「你們來啦，今天好像遲了些嘛。剛剛就有個客人，想聽聽你們的歌，等了足足有半個鐘頭那麼久呢。」

「這樣啊。真不巧，是在大橋頭多待了一會的。」

那盲人好像多麼受歡迎似地，露著得意口吻，一步步小心地用拐杖探著，移步到亭

仔腳上的攤子邊。大目仔一如往常，浮起腰身叫了一聲老妻，招呼這對賣唱的夫婦坐在椅子上，讓他們不至於妨礙客人。大目仔的妻子阿卻，還熱心地幫盲太太把小孩子從背上解下來。這一方面是由於小吃攤老闆夫婦喜歡聽聽歌，不過一方面也是由於這對賣唱的，很能引來一些吃客的緣故。這些日子以來，土豆少了，杏仁也不容易買到，因此鍋子裡只好熬些蕃薯湯來賣。二十幾年來，就是靠這隻鍋子支撐了一家生計的，所以鍋裡的東西變了，是不是還能招來食客，有一點使人擔心，然而自從仗打起來以後，房東再也不能趕走房客，這就比什麼都使做房客的穩下心了。還有，鍋子裡的東西變了，卻也不見得就賣不出去，因此生活倒還有希望。也是因為這緣故，所以每到傍晚時分，這一對賣唱的來到，總是一件樂事。歌使他們感到慰藉，食客又肯光顧，真個是一舉兩得，老闆夫婦當然就樂開了。

但是，有個傍晚，老闆夫婦遠遠看到賣唱的來了，竟慌慌忙忙趕到外頭，吼叫般地喊：今天免了，請你們到別的地方去唱吧。這就使得盲人夫婦大為納罕了，楞了半天還不知如何是好。

「是我家老么，從昨天起就沒有回來啦。」

盲人夫婦這才明白過來，便又開始拉著月琴，轉過身子離去。

大目仔的么兒黑面仔，打從昨天傍晚走失，到現在還沒有回來，老闆夫婦和女兒女婿等一家人都憂愁滿面。

「跑到哪兒去了呢？」

崁仔店的頭家娘也裝著一副擔心的面孔來問。

「通常都是聽完了瞎子的歌以後，來纏著要錢，可是昨天好像賣唱的還沒來過，就不見了。」

大目仔的大女兒阿花仔向頭家娘說明。

「到派出所去報案了沒？」

「還沒。」

「應該早一點去才好，說不定被那個派出所收留了。」

根據阿花仔的說法，雖然還沒有正式報案，但是她男人已經到市裡每一個派出所瞧過了。這是因為覺得這樣，比去報案，又是填表啦，又是筆錄啦，還簡便些。聽到「報案」兩個字，他們先就煩了。可是，到如今還沒有回來，左鄰右舍又勸著，大目仔自己這才前往派出所，辦妥了手續。妻子也總算放了心似地走向廚房，準備給昨天起就熄火的火灶生火。後來，警察來問了些話，親戚和朋友也來慰問。一向就畏縮寡言的大目仔，又煩又憂心，乾脆不再開口了。他有個頗為男性化的名字叫阿樹，但是因為獨眼，看著人家的時候，也不知是看著還是睨視著，或者是生氣著，不容易分清楚，所以才被取了大目仔這個諢名。並且，又因為人頑固剛愎，過去儘管有過些機會，結果還是改不成行，靠一隻鍋子，挨過了這許多歲月。最近，大女兒阿花仔結婚了，大兒子也上了國民學校四年級。只有老么黑面仔，不曉得是生就的傻子呢，或者怎樣，都六歲了，還不會說幾句話，一天到晚不是皮球般地蹦來跳去，便是躺在地上，一臉的泥汙，所以鄰居們便叫他黑面仔。然而，父母親倒常常說是自從這孩子生下來以後，生活好過多了，因而特別寵愛。這孩子誕生後第二年「日支事變」打起來了，大目仔的生意的確比以前好了很多。不過大女兒十七歲時——也就是前年春間，房東來勸大目仔讓她從事「醜業」，被大目仔狠吼了一聲，從此房東不敢再提這件事了。從此大目仔與房東經常反目。倒是大女兒還算爭氣，當上了青年團的班長，使大目仔很是得意。這大女兒十八歲的春間招進了贅夫，很快地就生下孿生兒子。大目仔大喜過望，逢人便誇口說：我一下子就成了兩個孫子的阿公呢。可是光靠一個小吃攤，一家生計馬上就捉襟見肘了。黑面仔的迷失，也換來了鄰居們的疑惑眼光。警察方面更因為小孩不見後，過了二十四小時才報案，有了些嫌疑。殺白癡小孩的故事被編成戲，正在轟動，因為鄰居們對警方搜查的情形感到莫大的興趣。房東還向鄰近的人們數說這一家人可疑的地方，成了火上加油之勢。但是，大目仔一家人倒沉閉著嘴巴，一股勁地瑟縮在屋裡。於是嫌疑也就來得更加深重了。大目仔本身不用說，連贅婿也被暗地裡調查。結果明白了這位贅婿，直到六年前還是個行為不太檢點的人物，這就使得這一家受到更嚴密的監視了。這種情形也被鄰居們察知了，人們走過小攤子前面的時候，總要露出猜疑的眼光瞧瞧，彷彿是在探詢著：一家人都在嗎？或者，贅婿是不是畏罪潛逃了？房東更逮住機會了，每有女客來串門子，便說：瞧，一個窮光蛋，還自以為了不起，說什麼醜業啦，賤業啦，把女兒當寶貝似的，現在可好了，衣服破了，雙手抱著小孩沒精打采地待著，那樣子不是和乞食女人一樣嗎？

大目仔一家人就租住這幢巷子裡的古老屋子三樓上的一個房間，在樓下擺著小攤子。二樓是讓養女去賺不體面錢的房東自住，面向巷子的樓下，住著崁仔店夫婦。雖然說是崁仔店，卻是最起碼的小糖果雜貨舖子，顧客不外是巷子裡的小孩和主婦們。崁仔店夫婦因為讓獨子上中學，所以大家都管他們叫作小氣鬼。好比他們也賣牙粉的，自己卻除了兒子以外，從來也不用牙粉，光用牙刷來刷牙。就在這崁仔店一角，大目仔擺著像是攤子，也像是小點心店，更可以說是糖果店喫茶部一般的小店仔。他開這爿小店仔，當然是得過崁仔店夫婦同意的。這樓下的房租是十四圓，黑面仔家負擔四圓。黑面仔一家，白天就在這小店仔前的亭仔腳玩，到了晚上，就像麻雀回窠裡一樣地上到三樓睡覺。三樓共有三個房間，其中之一是屋主的閒間仔，另外一間就是黑面仔一家租的。閒間仔也就是房東家來了客人的時候，如果二樓不夠用，便由老太太上來睡的房間。最後的一間是廳，因為跟廚房連在一塊，所以並不寬大，房東沒有把它租出去，是想讓它成為共用的廳。黑面仔一家的房租是四圓，跟樓下的合起來便是八圓了。到了夏天，大目仔總是在這共用的廳裡攤上草蓆睡。十多年歲月便是這個樣子挨過去的。

然而，自從大女兒結婚以後，黑面仔父母和孩子便到廳裡來睡了，把房間讓給女兒夫婦。屋主當然不甘願白睡，於是他們的房租又加了三圓，這樣一來，廳總算也正式租給了他們。

房東自從建議大目仔讓女兒從事「醜業」被拒以後，對大目仔一家懷恨在心。

「樓下的獨眼仔是個大憨呆呢。」

每次，那位從事醜業的同業老婦人來到，屋主便慨嘆著數說房客的不是。

「過得舒服些好呢，還是過著乞食仔一般的生活好呢？人家好心告訴他，還不識相地臉紅脖子粗起來，真是的。」

「給豬唸經啊。」

「可不是。當了乞食仔，也不靠女兒賺髒錢來吃飯，幹！阿秀婆，妳聽聽，這算什麼話嘛。可是，如今自己的屋子，自己不能做主啦，真是傷腦筋。如果是從前，馬上把他們趕走的。聽說最近有了一個新法律，不能隨便趕走房客是不是？」

「是啊。不過，也要看你怎麼趕吧。」

兩人於是開始這樣那樣地商議趕走房客的方法，但還是沒有能想出一個妙法。這位房東，就這樣和大目仔在同一個屋裡過著睚眥必報的日子。然而，時局繼續演進，太平洋戰爭打起來以後，女孩參加「特志看護婦」，男孩當「志願兵」，國家與國民生活益趨密切，大目仔便也覺得有恃無恐了。三句不離「房東又怎樣？國家會保護我們呢」，要是房東出口趕他，他便唾沫四濺地主張過正當生活的人，終獲勝利一類的話。這一回，忽然碰上老么走失的倒楣事態，這就使他變得有氣無力起來了。

「還沒回來嗎？」

房東故意地裝著關切的臉，一天裡總要下來幾次問問，弄得大目仔煩上加煩，末了是側開臉，再也不理睬。

其實呢，嫌疑啦，房東啦，根本不是大目仔所在意的。他只是一股勁地在想著老么阿誠皮球一般活蹦活跳的身影。這個時候，該在地上舒服地躺著才是。或者，該到了來纏著要點心的時刻了。這就是他腦子裡的一切。大目仔可真是疼這個老么的。自從阿誠誕生以後，家計好轉，因此阿誠也就是家裡的福星。白癡也好，傻蛋也好，只要能福蔭家裡，便是最可貴的。大目仔是從鄉下來臺北闖的。在鄉下，有些有錢人就是因為買的牛好，這隻牛進屋以後，家運忽然興旺起來了。因此，牛老了以後，還給牠蓋所漂亮的牛舍、給嫩草吃，服侍得像個老太爺似的。同樣道理，養了個憨呆兒子，大目仔也不覺得可悲。但是，世上的人就那麼多事，總是愛管人家閒事。憨呆兒子又怎樣？牛都會福蔭人家呢。何況阿誠不啞不聾……大目仔這麼想著，越發地無精打采了。

只有那對崁仔店夫婦倆是相信大目仔的。阿誠確實不是聰明的孩子，不過迅速地抓了東西就跑的模樣像極了猴子，所以頭家娘有時也會和這孩子開開玩笑，偶爾有餅乾碎片，總是留下來給他。那阿誠跑的時候，高高地墊起腳尖，皮球彈起來一般地把身子左右晃盪著跑。如果忽地從後抓住他的肩膀，搶下他手上的東西，他就把腳尖墊得更高，蜿蜒著全身大哭大鬧。他確實不是惹人厭的小孩。

「阿誠仔，出去外邊玩吧。」

和姊姊一塊在剝煮熟的花生的母親，常常這麼吆喝，嗓音總是透到鄰居。母親知道客人不喜歡阿誠去纏坐在攤子後面的父親，所以這樣叱罵。阿誠因為常常把東西塞進嘴巴裡，所以手指頭和嘴邊是白的，其他手啦、臉啦，一片泥汙，好像長滿了黴似地漆黑一團。被母親罵了幾口，嘟起嘴來，可是大人們還是不理，這就在地上躺下去了，把腳擱在矮竹欖上，顛倒著頭，端詳倒過來的行人面孔和屋宇，自得其樂。

「這孩子真怪，躺下來總是顛倒著頭。」

被鄰居阿姆這麼一說，大目仔便又直起嗓門罵阿誠了。阿誠聽到了，越發地好玩起來，連屁股也挪到竹凳仔上，整個世界也就更顛倒了。阿誠的姊姊阿花，小時候是不是也和阿誠一樣，躺在地上長大起來的，如今已記不起來了，不過至少上太平國民學校四年級的阿兄，直到上國民學校以前，也是被叫作黑面仔的。這位姊姊，就像梅樹枝碰到春風一般，胸脯鼓起來了，臉上、眼光裡，不知不覺地就添上了少女的豔亮。房東就是看準了這一點的，卻不料惹來大目仔狠狠的一聲吼叫，結果是女兒早早地就招了贅夫了。

這女兒所生下的孿生子，不知不覺間也會蹣跚走路了。是像土豆上長了一頭紅髮樣的小孩。讓兄弟倆竝排著站，就像把兩顆豆豆放在盤子上，可愛極了。只因面孔太相像，所以無法分清誰是誰。倒是弟弟這邊，因為乳水不足，幾乎靠罐頭煉乳養大的，所以營養差了些，比哥哥遲了好久才能站，因此一看就可以看出是弟弟。兄弟倆笑起來，都好像有點尷尬的樣子，非細心瞧瞧嘴邊，便無法看出他們的喜怒哀樂。這大概是大人們的困窘，感染了小孩子們吧，因而他們的笑也就益發地使人感到可憫可愛了。當他們發嗔的時候，靜靜地站著，嘟起嘴唇，吊起眼尾，狠狠地睨視人家。鄰家阿姆被他們這樣一瞧，便要笑起來，向他們母親說：妳的孩子們生氣了呢。

「唷，好神氣啊。阿姆可是疼你們的，怎麼可以這樣睨著人家呢？」

受了生活的逼迫，去年還是豔亮的少女，如今卻成了歐巴桑啦，日子也過得多麼困窘似的。

倒是上中學的崁仔店小開，喜歡畫這孿生子，一隻土豆上畫了眉毛、嘴巴，讓做母親的，笑得闔不攏嘴。

「真像哩。」

中學生說：可真生下了一對有趣的小寶貝呢。他常常這麼說著，拿出了圖畫紙，畫孿生子的臉。做母親的看到了，便笑著說：畫好了，可要送給我做紀念啊。孿生子的父親是縫衣舖的師傅，一早出門，非要到深夜起十二時才能回家。儘管這麼苦苦地幹活，一家四口還是不容易過下去，更不用說對岳父能有什麼幫助了。有時，阿花零用短少了，便把給父親的款子減少了些。大目仔當然不高興。

「我養你們二家四口，一點便宜也沒占呢。」

從此，父女之間的感情便有一點裂隙了。儘管如此，他們一家四口卻又沒有力量另覓居所獨立過活，因此大目仔一家人不免偶爾會有陰影掠過。可是孫子究竟是可愛的，於是有時大目仔便要數落女兒幾句。

「妳還是查某嫺仔命喔。」

當這個大女兒剛生下地的時候，由於家裡貧窮，為了免除女嬰被鬼魔帶走，大目仔便給她取了名字叫阿花。阿花也就是做查某嫺的名字。窮人為了避邪袚厄取較平常的名字是常有的事，卻不料這孩子還是命定不會幸福。大目仔已過了人生的五分之四，結果家庭情形還是如此，他更落落寡歡了，嘴也不肯輕易開了。特別是么兒走失後，更成了老人，有了老境的穎悟。

「都是命啊。」

萬一阿誠就此不回來，那麼這個家會怎樣，大目仔是很明白的。在屍首出現以前，不但一家人將蒙不白之冤，生活也會陷入絕境。那時，最可憐的該是小孫子了。三天來，大目仔總是呆坐在攤子後的凳子上，看守著孿生孫子在嬉耍。

沒料到第四天早上，派出所來傳他了。第六感使大目仔忽然恢復了元氣。

「一定還活著。」他想。

果然，過了約莫一個小時，大目仔彎腰曲背地把阿誠背著，滿臉浮著笑回來了。阿花看見，扯起喉嚨向崁仔店的頭家娘說：

「阿誠仔回來啦！」

大目仔說，阿誠走失後成了個迷兒，跟一群乞丐的小孩們跑到萬華的「愛愛寮」去了。

「原來是在愛愛寮。」

房東說黑面仔流落到愛愛寮，是件料想不到的笑料，還認為這是大目仔的好運。大目仔的家恢復了陽光普照，鍋子開始冒白煙了。大目仔也期待似地把眼光投向盲人夫婦經常出現的巷口。大街上，陽光跳躍著，使人想到中元快到了。

原刊於《臺灣文學》第三卷第三號，一九四三年七月三十一日
本篇錄自《張文環集》，張恆豪編，前衛出版社，一九九一年二月一日初版，頁二四七～二五七，鍾肇政譯

導讀——謝鴻文

長於寫實風格，溫暖關照現實中低下階層人們困窘的生活的張文環，〈迷兒〉這篇小說就是起於主角大目仔在經營的小吃攤，看見一對盲人夫婦帶著小孩賣藝維生的情景。大目仔和妻子看了心生不忍，總是熱情招呼，甚至想趕快幫他們卸下襁褓裡的孩子，溫暖的人情流動在那市井間。

大目仔一家從鄉下到臺北討生活，一家四口，靠賣豆湯勉力度日。租屋的房東夫婦，是這篇小說裡比較不受歡迎、惹人厭的人物，小氣又帶點苛刻，人情冷暖立刻對照而出。大目仔么兒阿誠，是個有點智能不足的孩子，大目仔對他關愛呵護有加，某日阿誠意外走失，失蹤多日，所幸吉人有福，阿誠最後仍平安被帶回家中。

小說由此帶出「迷兒」阿誠在「愛愛寮」被收容，「愛愛寮」並非虛構，而是歷史上真有存在的地方，是一九二〇年代臺北萬華地區傳奇名人施乾創辦的乞丐收容所，幫助無家可歸者生活、讀書、學習技能，大愛可頌！

也許這篇小說也是在向施乾的善心致敬，所以小說尾聲大目仔看著眼前大街陽光跳躍，心裡想的是盲人夫婦，大目仔身上展現了人性的高貴善良，沒有階級之別，沒有身體正常不正常的平等看待，文學感人的力量便是奠基於此。

羅漢腳

翁鬧

「埤圳沒蓋，快跳下去死啊！」

聽到母親這麼說，五歲的羅漢腳馬上縮回手，低著頭不說話。他像是被潑了一盆冷水般縮著身子，在低垂的眼皮底下探詢著母親陰沉的臉色。羅漢腳已經在心裡頭告訴自己無數次別跟母親討東西，卻忍不住又……。當他看見母親臉上難得出現一絲笑意時，實在是無心之下脫口說出：「阿母，給我一分錢」，接著，就像突然飛來一片雲把陽光底下曬得暖洋洋的地面變陰一樣，母親的表情變了，臉上掛著寒霜。母親沉默著向他丟來了一只陳舊的錢包，似乎要說什麼似地張開了嘴巴，可是羅漢腳的小腳在她話未出口時就急急跳出了兩根竹子疊起來、對他來說還算太高的門檻。

「哪裡來的一分錢？沒用的東西！」他彷彿聽見了這樣的話戳進自己的耳朵，但是，小小的羅漢腳就算捱了罵也不會怨懟母親。

羅漢腳走出了家外頭的竹籬。竹籬外有寬闊的道路，許多人來來往往，還有輕便車經過。一個肚子圓鼓鼓的胖呼呼的男人向羅漢腳走來，他只有一隻眼睛，但笑咪咪地看來很和氣，羅漢腳便忍不住開口問道：

「叔叔，您要往哪裡去呢？」

男人揮動著兩隻手，瞇著一隻眼睛俯視他說：「我要去員林（臺語音同「圓籃」）哦！」接著，又大幅揮動手臂往街道遠處走了。

羅漢腳站在那裡，他遠遠地看到叔叔提著一個小小的圓籃，心裡想：「叔叔那麼胖，怎麼進那個小小的圓籃呢？」

叔叔要去的地方其實是一里（約三．九公里）外的員林，羅漢腳不知道員林，當然也不知道他的父親和兄長們總挑著擔子到那裡的市場去賣東西。

羅漢腳跟在胖叔叔後頭走了一段路，來到一個緩坡，爬上坡之後有一座很寬的橋。羅漢腳很是震撼，他看到底下的大河裡滔滔流著黑滾滾的水，原來大河真的沒蓋子。羅漢腳頭也不回地跑下來時的斜坡，這是他生平第一次看見了這條離家一町（約一一〇公尺）遠的河。

在羅漢腳家附近的路邊有一棵大榕樹，他一直跑到了榕樹底下才真正鬆了一口氣。時值盛夏，路上的行人們會把包袱等等擱在一旁，在地面露出的許多榕樹根上坐下來休息。這棵大樹不知道有幾百歲了，附近的人都說樹裡住著神明，因此在榕樹底下的樹洞裡擺上了酒杯，也插著香。爬這棵樹被當成一件惡行，可是每當羅漢腳看著其他孩子三三兩兩掛在樹枝上玩的時候，也忍不住躍躍欲試，只是他的手和腳還沒那麼強壯，只能在心裡巴望。孩子們抓著離地不遠的樹枝上上下下地晃盪，玩累了就跳下來，看在羅漢腳眼裡真是再開心不過的遊戲。羅漢腳很想快點長大，他只能拔著榕樹的氣根作樂。

羅漢腳五歲了，他是六個兄弟姊妹當中從後頭數來的第二個孩子。他的父親總是出外在荒野裡墾地或為人做零工，所以羅漢腳不太認得爸爸。母親除了偶爾到鄰舍去碾米外，空閒的時間都忙著用竹子編大大小小的斗笠。當母親和附近當家的女人們一起推著碾米臼的時候，如果羅漢腳在一旁窺探，就會遭母親白眼——羅漢腳的母親似乎不喜歡讓自己的孩子在人前露臉。如果是母親在家編斗笠的時候靠到她身邊去，母親會用溫柔的聲音說：

「羅漢腳啊，來幫我把竹皮拉直。」

說著便將一束竹篾條推到羅漢腳面前。羅漢腳就在那個不知道是哪一種竹子、只知道有著鴉片般香氣的房間裡，蹲在母親身邊把黑斑點點的細長竹篾條拉直，壓在腳下。

「羅漢腳啊，你昨天到池子去玩了嗎？」母親停下編斗笠的手，向他問道。

「是啊，阿母，水一點都不深呢！」

「你千萬不可以到那種地方去。你看，池水上頭不是浮著黑色的東西嗎？我告訴你啊，那是生蕃撒在上面的毒藥！那種毒藥要是沾到手或腳上，會讓你全身都動不了哦！」

「全身動不了會怎麼樣？」

「全身都動不了之後，躲在池邊的生蕃就跳出來，用鐮刀把你的頭砍下來帶走。」

「阿母，這是真的嗎？」

「是真的！所以你不可以再到那種地方去了。」

隔天，羅漢腳想起母親說的話，就找了個玩伴一起去看池子。看見池面上漂浮著一片片變黑的枯葉和木片，羅漢腳壓低了聲音對他的夥伴說：

「跟你說，下水的話頭會不見哦！」

「為什麼？」

羅漢腳沒說原因，只顧拉著玩伴的手要走：

「回去吧！我們去別的地方玩吧！」

他們閉上嘴，一路跑到了公學校附近。校園裡有兩三百個學生正在嬉戲，周圍的柵欄上則纏著一圈又一圈的鐵絲，羅漢腳和他的玩伴就在那一帶的水溝裡撿到了一個罈子，他們從窄小的罈口窺伺沉在罈子裡的東西，又折了竹枝來挖，挖出又圓又黑的東西來。羅漢腳把它放到鼻子下頭，一股難言的酸臭味直衝進他的鼻腔，他忍不住把罈子和挖出來的東西一股腦地摔到水溝裡，大叫：

「是生蕃的毒藥！」

羅漢腳的玩伴不知道發生了什麼事，楞楞地呆立在原地，還沒回過神，羅漢腳已經丟下他的玩伴跑回家了。

羅漢腳回到家時，母親正在準備晚膳，兩歲的弟弟在地上到處爬。至於其他的四個兄長們去了哪裡，羅漢腳自然也是不知道的。

有一天，母親一邊編著斗笠一邊對他說。

「羅漢腳啊，到墳地去要些麻糬回來。」

「在哪裡？」

他跑到母親身旁問道。聽見可以出門去，羅漢腳開心地連話音都在發顫。

「不知道在哪裡。隔壁的烘爐也要去，你同他一起去吧！」

羅漢腳便邀了隔壁的烘爐一起出門了。兩個人爬上坡，穿過黑水流淌的大河，朝遠遠的墳地走去。天氣十分晴朗，掃墓的人也多了起來。羅漢腳跟著烘爐，在掃墓的人身邊站著，等他們掃完墓時，就會把竹籃裡塞滿的白色麻糬拿出一兩塊分給他們。正月、祭典或有喜慶時的麻糬多半會上色，最常見的是紅色，只有掃墓時的麻糬是白的，看起來不像給人吃的食物，可是放進嘴裡依然是麻糬的味道。

羅漢腳和烘爐繞了三座墳，要到三塊麻糬，於是塞滿了口袋回到家來。

「晚膳的時候熱給你吃。」

母親說著便將羅漢腳帶回來的麻糬放到櫃子裡去。

羅漢腳六歲了，從前不懂的許多事情也慢慢地明白過來。他也不只一次到黑水流淌的大河邊上眺望，羅漢腳已經知道河的對岸有更廣闊的平野，平野上有人們工作、居住；更遠處，則是長長的山脈。

羅漢腳也約略明白了自己的名字大概和流浪漢、流氓是一樣的意思。如果剃頭和吹喇叭是最低賤的職業，那麼羅漢腳和乞丐就是最被輕蔑的人種。其實他除了這個小名之外，應該還另外有個稍微像樣的名字，但是羅漢腳自己無從知道這件事。在這個彷彿煙燻過的鄉間小鎮，羅漢腳還沒聽說誰有個正經的名字，至少在他的玩伴裡頭，每個人的名字都是一樣地乏味。這些孩子的父母不是因為沒受過教育，而是對人世不抱什麼期望才給小孩取了這些黯淡無光的小名。反正不會是出仕入相的材料，連當個卑微的街長都沒有出頭的希望，所以父母親在孩子出生時也不費什麼腦筋，想到什麼取什麼便是了。羅漢腳的名字想必也是這麼來的，他們雖然在這個小小的城鎮邊上有間房，卻只是個髒亂的茅屋；父親是個一窮二白的莊稼人，別提學問，連讀寫都成問題，自然是沒法為自己兒子取什麼響亮的名字。

羅漢腳一直是個安靜的孩子，只要被母親說了幾句，就會躲到院子裡的稻草堆後頭。有一天，羅漢腳又把自己藏在稻草堆後，因為待著無聊，便試著把手伸進草堆裡去。稻草堆裡頭就像冬天的火盆一樣暖和，他感到神奇，就把手這麼放在裡頭溫著，沒注意到四下的動靜。突然一道黑影靠過來，並且在他身後響起了腳步聲，因為太過突然，羅漢腳立時嚇破了膽，回過頭才發現是烘爐站在兩步開外的地方笑著，可是羅漢腳這時笑不出來，他的臉綠得像一片樹葉，再過些時候，他開始想吐，便沉默地走進家門。

接下來兩三天，羅漢腳飯也不能吃了，不但如此，臉色依然慘綠，沒有好轉的跡象。母親擔心地對他說：

「你到烘爐家去，跟他要口水回來。」

母親說，只要吃了嚇自己的人的口水，受驚就能治好。羅漢腳想到要吃別人的口水就心裡發毛，但他還是照著母親的吩咐到烘爐家去要了口水，回到家被母親用手灌進嘴裡。但過了兩天，羅漢腳的症狀依舊，時常一副驚惶害怕的模樣。傍晚時，母親說：

「羅漢腳啊！你出來一下。」

羅漢腳跟著母親走進昏暗的臥房，母親從米缸裡取了一碗米，連同碗用前襟包著，按在羅漢腳的頭、肚子和全身上下，一邊按著一邊低聲地唸唸有詞。羅漢腳一句也聽不懂母親在說什麼，只知道這是在向神明祈求。母親將他從頭到腳都按壓了一遍之後，拍了拍肩膀說：

「好了，這樣你的病就沒事了。可怕的東西已經走了，壯起膽子吧！」

母親說得沒錯。羅漢腳睡過一覺，又和從前一樣充滿活力地醒來了。

羅漢腳總不願意離開母親的身邊，雖然母親的臉色陰沉，卻總比不可知的廣大世界值得信賴。羅漢腳依稀明白母親之所以日日如此勞碌、臉色如此陰沉，都是因為家貧的緣故。羅漢腳六歲了，天氣好的時候，他會從窄迫的茅屋來到大街上，窺探大街之外的世界，可是他的視野無法越過黑水流淌的大河，不知道河的對岸到底是什麼樣的地方。大街就在家門外不遠的地方，有許多的人和推車熙來攘往，但是羅漢腳對於上街總感到畏縮，因此對自己所居住的城鎮也所知無多，總是在街道的外緣徘徊，對某個部分或許窮知所有的細節，關於整體的輪廓卻沒有任何概念。他只知道接近街心有一個買菜和豬肉等的市場，因為從前走過一趟才記了起來，那裡是一個比豬舍稍微大一點的地方，紅磚牆上沾了許多的泥，一靠近就有惡臭撲鼻而來，從市場裡不斷傳出像是豬仔們肚子餓吵著要吃飯的叫聲。這個市場離家並不遠，羅漢腳卻彷彿覺得在千里之外，數不清的人們穿著草鞋匯集在那裡。

羅漢腳突然想上街到那個熱鬧的市場去看看。輕便車在街上通行並且分岔成兩個方向，羅漢腳不相信自己能夠平安地穿過人車雜沓的通衢，卻難以抑制自己往街心一探的渴望。

就在羅漢腳巴望著他有生以來的第一次冒險時，一個意料之外的事件提前了他的計畫。只是，這個契機並不像他一直以來想像地那樣是個令人雀躍、幸福的出遊。

那是一個夏日傍晚發生的事件，羅漢腳當時在大榕樹下玩耍，突然聽見了母親的叫喚：

「羅漢腳啊！羅漢腳啊！」

羅漢腳沒抬眼就急急朝叫喚聲的來處——家的方向奔去。他還不曾聽母親有過這般淒厲的叫喚，回到家時，看到母親顯露出未曾有過的驚慌，因此當母親牽著他的手跌跌撞撞地穿過院子走進昏暗的家中，羅漢腳感到全身就像凍結了一樣冰涼。跨進門檻好不容易站定之後，母親一邊喘著大氣、一邊把五枚一錢的銅板塞在他手心裡說：

「快跑到市場去買韭菜和豆芽菜回來，用跑的、快跑回來！」

母親把銅板塞在他手裡的時候，羅漢腳看見了飯桌下可怕的光景——躺在那裡翻著白眼、痛苦地打滾的不就是三歲的小弟嗎！羅漢腳頓時驚嚇得說不出話來。醬油缸子倒在地板上，油流了一地，他聞到滿屋子都是石油的臭味。

「啊！小弟是喝了石油啊！」

羅漢腳不禁打起哆嗦。

「小弟可能會死啊！」

他抓著銅板跑了出去。市場很近，羅漢腳用兩隻手握著韭菜和豆芽菜，一路穿過人車間的縫隙，直奔回自己的家。

羅漢腳的母親顫抖著雙手將韭菜和豆芽菜搾成汁，送進小弟的嘴裡。小弟的嘴唇輕輕地顫抖著。

羅漢腳的父親和兄長們都還沒回到家。

母親將弟弟小小的身軀緊緊地抱在胸前、憂愁地看著他的臉。母親的臉色已經不像方才那樣蒼白。四周完全變暗了，母親卻沒有將燈點上的意思。為了讓家裡明亮而買來點燈的石油，如今反而黑白顛倒地為這個家招徠了不幸。

沒多久，小弟吐出了肚子裡的穢物，可是母親的手仍害怕地顫抖。

「可憐哪！一定是肚子太餓了吧！」

母親斷斷續續地低聲說著，然後專注地凝視著小弟的臉。

母親溫暖的胸膛。

啊！小弟的眼睛睜開了！

羅漢腳靜靜地坐在門檻上。這時，父親和四個兄長回來了。他們看到小弟的樣子，對老天爺非但沒有半句咒詛，反而感謝上天救了一命。

夏天快結束時，有個不認識的阿嬸來拜訪羅漢腳的家。阿嬸從她的手巾裡掏出糖果來分給羅漢腳的兄弟們，那一天父親和兄長們都難得地在家，阿嬸一到，母親就開始為最小的弟弟套上新衣，並且穿了鞋子。穿戴整齊後，母親一邊幫著阿嬸將小弟背在背上，一邊說：

「好孩子！阿嬸帶你上街去看戲哦！馬上就回家囉！」

小弟被一條長長的帶子牢牢地綁在阿嬸的背上，朝母親張著嘴彷彿想要說什麼，但是自始至終，小弟就這麼搖晃著臂膀、嘴裡囁囁嚅嚅，直到被牢牢地綁在人身上了還是沒說。最後，當阿嬸背著他準備出門了，才拉下嘴角哇哇大哭起來。

「乖哦！馬上就回家囉……」

母親雖然嘴裡這麼哄著，聲音卻越來越小，語尾也模糊起來，她的眼眶已經泛紅。

又過了幾天，小弟還是沒有回來，他是被賣到很遠的地方去了。羅漢腳經過了很長的時間才知道這件事，偷偷告訴他的是烘爐的母親。羅漢腳明白，他是再也看不到他的小弟了。

羅漢腳身邊的不幸就像從遠處慢慢聚攏、終於將他包圍一樣，逐漸以清楚可見的方式顯現出來，最後就降臨到了羅漢腳的身上。他畢竟只是一個六歲的孩子，不像大人那麼結實，當不幸降臨到他的那一刻，他頓時失去了意識。

長長的夏天結束，涼風很快就要吹起的一個初秋傍晚，羅漢腳離開家門想到大榕樹底下去玩耍。就在他踏出家門、正要穿越鐵軌的時候，一臺堆滿了貨物的輕便車沒拉警報就從斜坡上直直下滑。當車夫察覺到不對勁時，羅漢腳的身體已經被車子帶走，車子就在車夫的驚呼之中脫軌了。羅漢腳自然看不到車子橫倒在路上、貨物也散了一地；他只感覺腳上一陣劇痛，隨即失去了意識。他倒在血泊裡不知不覺呻吟起來，接下來發生的事模糊一片，只記得人們像黑色的山一樣圍著他，人群當中彷彿看到了父母親還是兄長們的臉。母親好像在大聲地哭，不過那不是在大街上了，而是在自己家裡的床邊；醫生來了，將他的腳包裹了繃帶之後，羅漢腳昏昏沉沉地看見燈火的微光照亮了整間屋子，當他再看見枕頭旁邊放著玩具火車和笛子的時候，他感到無比的快樂。

「看這情形，最好帶去員林看外科，我實在是處理不來……」

醫生只留下這幾句話走了。

第二天，父親背著羅漢腳離開家，輕便車已經停在家門前候著，父親將羅漢腳抱進車裡，車子便靜靜地動了起來。羅漢腳心想，阿母也能坐上來就好了。他的心中雀躍不已。

「我也要去員林了！」

他終於明白了「員林」的意思，只是還不知道員林在什麼地方。

輕便車爬上坡，越過黑水流淌的大河，又從緩坡上慢慢往下滑。有生以來未曾看過的風景一路映照進他的眼膜，就在這一刻，羅漢腳終於要離開他的小鎮，去到很遠的地方。

十一月二十三日

原刊於《臺灣新文學》第一卷第一號創刊號，一九三五年十二月二十八日

本篇錄自《破曉集：翁鬧作品全集》，翁鬧著，如果出版，二〇一三年十一月初版，頁二八三～二九六，黃毓婷譯

導讀——張怡寧

出身殖民地臺灣的翁鬧，雖然一九三四年到東京留學後，寫出許多有關都市的作品，但是他也寫了不少關於臺灣農村社會的眾生相，像是〈羅漢腳〉、〈戇伯〉和〈可憐的阿蕊婆〉等，集中呈現了人心的荒涼與寂寥，還隱喻著殖民地人民在大時代底下無法逃避的哀戚宿命。

小說的主人翁羅漢腳是一個五歲的小男孩，他不大認得父親的輪廓，因為父親總是忙於工作維持生計；而母親雖然是最親近之人，但同樣忙於工作努力攢錢。然而，貧窮的壓迫感讓親子關係在緊密中卻有些疏離，羅漢腳只能通過自己的眼睛及感受，感知周遭生活的變化。

「啟蒙」與「成長」是少年小說永恆的核心元素，翁鬧筆下的羅漢腳也不例外。像是羅漢腳到了六歲後，才逐漸明白名字粗俗的背後，其實隱含著卑微、低下之意，原因是大人對未來不抱希望，因而在鬱悶的生活中，以戲謔、自嘲的方式命名，抵抗現實壓力的侵蝕，漸漸的，他對父母臉上始終掛著哀愁的疑惑也就了然於心。

翁鬧也在小說中浮映出彰化的景觀。像是羅漢腳非常嚮往員林，雖然不是小說主軸，但是在文本的背景中，員林的印象卻成為這篇作品很重要的元素。隱隱然，翁鬧在以直觀、感受為主的新感覺派寫作中，保留了現代與傳統交雜的彰化風貌。

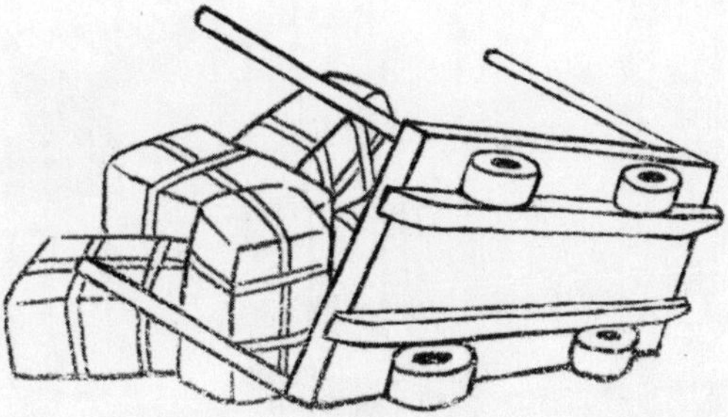

阿煌與父親

巫永福

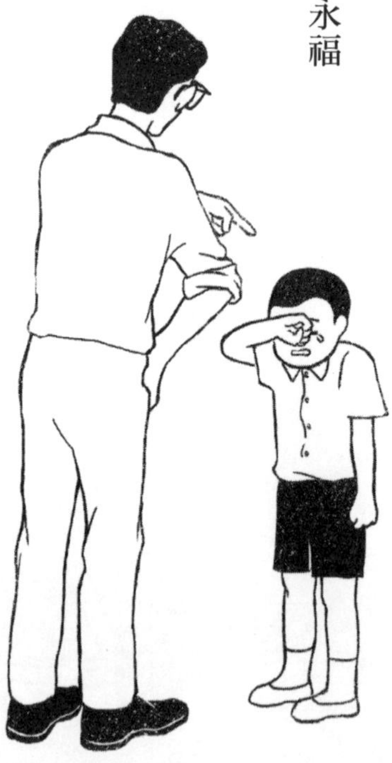

阿煌渾身哆嗦著在聽父親訓斥。事實上，阿煌嫌厭父親訓話的成分要比懼怕的成分多得多。他那倔強、不滿之情顯然是由胸中併發而溢乎形表。自己只是想玩而已。他不懂，跟阿海玩究竟有什麼不好？他心裡升起一股無以名之的怨氣，憋得漲紅了臉，幾乎都要哭出來了。阿煌神經質地玩弄著衣角，氣嘟嘟地噘著一張嘴，半句話不吭。

「不是吩咐過你不要光知道玩嗎？不是告訴你不要跟別家那些髒孩子玩嗎？」

父親的口氣非常嚴厲。他生平就最討厭阿煌跟隔壁鄰居的孩子一起玩。那些窮人家，拖著兩條黃鼻涕的小孩，他形容為「小鬼」，是「鬼招引來的餓鬼」，因此，他認為讓那些抽著鼻涕的野孩子跟他家體面的阿煌玩，簡直是丟盡面子的事。他對這些野孩子根本打從心底瞧不起。

「你再不聽我的話，我也不要再管你了。馬上就把你趕出去。」

父親皺起眉頭。阿煌照樣緊閉著嘴巴，默不吭聲。父親依然神經質地站起來點起了一枝煙，一張臉都氣紅了。他想到非用鞭子來教訓兒子不可。但是轉身卻頹然坐下。他滿心焦躁，見阿煌死不開口的倔樣子更覺火上加油，但是卻始終下不了手。他認輸了，沉默令他窒息。

「今後得給我小心點。要不然我會宰了你。」

阿煌的臉色也繃得難看，他圓睜兩眼，毫無畏懼，甚至帶著惱恨的眼神瞅著父親，阿煌在心裡責怪父親：「爸爸最可惡。」隨後垂下視線，踢踩著地面。

父親的臉色並未稍見緩和。反而神情愈見嚴峻、扭曲，扳緊了臉瞪視著阿煌。阿煌見父親的神色愈厲，便愈彆扭、固執得厲害，反撥的感情也愈高熾，對父親更無所忌憚。父親對這個孩子的性情全然不了解，好玩的頑皮心理遭到父親權威壓制，如今他對父親的責罵已習以為常，所以在被責罵時，他徒有氣惱父親而已。

父親在阿煌跟別的孩子玩時，總是把阿煌罵個狗血淋頭。父親粗厲的感情、語言令阿煌產生強烈的反抗心理。而在其他的事情上面，父親對阿煌根本就毫不關心。小的時候，他不曾買過一顆糖或一樣玩具給阿煌。阿煌吃零食的每一分錢都是母親給的，回想起來，阿煌甚至根本不曾享過來自父親的溫愛。

自然，阿煌對父親也總是動不動就白眼相向。他對父親的態度非常的冷淡，而且不知從什麼時候起便對父親產生了一種根深柢固的偏見。當然，在更小的時候，阿煌毋寧是非常畏懼父親的，幾乎每次一遇到父親的視線，不管有事、沒事，他都會立刻躲藏起來。在他眼裡，世上最可怕的東西莫過於他父親的那張臉了。他不知道為什麼，只是本能上有這種感覺。因此，父親經常申斥阿煌，對阿煌有事沒事都要躲著他的行為感到非常不快。阿煌有時躲在母親的衣服底下，抬起眼像蛇一樣地覷著父親，父親見他這個樣子更要火冒三丈，便連母親也一起吼罵。母親只有隨父親罵去，一點辦法也沒有。就這樣，父親動輒大發雷霆罵人的樣子從此深植阿煌心中，像烙印一樣烙在他的心版上。然後阿煌逐漸懂事，性情也隨之改變。他經常冷眼望著父親，卻往往一聲不響。被罵的時候，他的心裡開始有了反抗的聲音：「煩死了。」在感情上也逐漸隨這種情緒的產生而惱恨父親。習慣了父親的申斥、責罵之後，他心裡不但不會覺得難過，反而是那股怨恨的惡戾之氣愈演愈熾。

父親沉默地望著阿煌，阿煌也立定站著，像根電線桿。父親嘆了口氣，父子之間生生立著一道無法跨越的冷牆，或者說父子倆根本就是二條平行線，永不交會。更像刺蝟一樣彼此不能互相碰觸或接近。或者是父親根本就不曾努力嘗試去跨越這道牆。父親悶悶地抽著煙，偶爾瞟他一眼。

空氣愈來愈沉悶了。父親無奈只得悠悠踱到院子裡。父親制服不了自己的兒子，一方面覺得悵然，一方面又懊惱、焦躁。他根本不肯反省自己，阿煌如今已經十二歲了，他還不曾認真想過阿煌是什麼性情。他也不會反省過自己的態度、自己的評斷能力，只是衝著阿煌外在的言行舉止來指摘、批判他，憑自己的喜惡來箝制阿煌的行為。但是阿煌自有阿煌內在的想法，自有他的氣性。有他童稚的興趣、好奇心及愛玩的心理。阿煌有阿煌的內心世界，但是做父親的卻從未去深入理解過。

阿煌抱住頭趴在桌子上。因為血往上湧，所以覺得頭部發熱。沉默同樣令他覺得窒息難受。儘管如此，他還是堅持以沉默來對抗父親。他的心中同樣躁鬱不安、一片灰暗。他不懂自己為什麼不能跟阿海玩？為什麼每次跟阿海玩都要被痛罵一頓？自己並不曾做什麼壞事。他在心裡胡思亂想，不過他倒不怕父親罵，反正是已經習慣了。但是他怕父親討厭他。在他印象裡，父親的心總是那樣的詭譎難測，那麼的冷漠、無情。父親的心比什麼都冷、都硬。阿煌深深體會到自己的不幸。眼淚忍不住就流了一臉。「啊，我不要。」阿煌覺得孤獨感及厭惡感盤踞住他整個感覺神經，怒火逐漸在他胸間燃燒開來。他小小的心靈開始閃動死亡的念頭。活在這人世間是多麼的乏味、悲涼啊，死亡的意念慢慢延伸向墓穴。而這樣的意念居然有致命的吸引力。他像在夢幻中，朦朦朧朧地描繪著這樣的景象。他想像中的死亡是沒有任何痛苦、也沒有任何快樂的樂園。阿煌生平第一次在腦海裡描繪天國中的死亡樣貌。像做夢般地思考著死亡。他想：乾脆死了算了。

阿煌想到死，但這不過是一個念頭而已。其中並沒有任何絕對悲壯、厭世的成分。他只是寂寞得動了死亡的念頭而已。

「阿煌仔，阿煌。」

阿煌心裡一驚，像剛從睡夢中醒過來一樣，懷疑剛才那聲音是不是在喚他。

「阿煌，要不要來玩？」

阿海還站在院子裡。阿海過去曾經被父親狠狠罵過一頓，所以提心吊膽地在向屋子裡窺望，想知道裡面的動靜。雖然他們從來就是住在兩隔壁的鄰居，但阿海卻從來沒進過阿煌家，甚至對他們家有幾分害怕的心理。他用沙啞的喉嚨壓低了聲音喊：

「要不要到外面去捉蝴蝶？」

「唔。」

阿煌並沒有馬上站起來。他的心還沒有雪溶、冰解。被壓抑的窒息情緒還盤踞在他心頭，所以沒有辦法像平常一樣欣然答應，但是這樣反而使他覺得困擾，一時委決不下該回答去好呢？還是不去好呢？

「怎麼樣啊？」

阿煌默默地咬著唇。

「究竟去還是不去？」

「好，走吧。」

阿煌急忙起身走到門口。

「你吃過飯了沒？」

「什麼？」

「午飯呀！」

「啊。」

阿煌還沒有吃飯，屋子裡傳來母親的叫喚：

「阿煌仔你要去哪裡呀？吃飯嘍。爸爸到哪兒去了？」

「我不要吃。」阿煌突然耍起牛脾氣。

母親邊擦手邊走出來。

「爸爸到哪裡去了？」

「不知道。」

母親看到阿海。阿海慌忙躲了起來。阿煌卻毅然向院子走去。

「要去哪裡呀？吃飯了呀，吃了飯再去玩吧。」

「不要。」阿煌回頭噘著嘴答。阿海在牆外窺覷阿煌的動靜。阿煌也朝那個方向使眼色。母親搖著頭嘆了口氣。

「又在使性子了。又被爸爸罵了是嗎？」

阿煌臉色緩和下來，伸出一隻手。那是要錢的意思。母親知道阿煌又挨罵了，肚子裡不高興，就掏出二十錢給他。阿煌拿了錢，飛也似地跑出去。

「小心點哦。」

阿煌追在阿海後頭，直往原野上奔去。母親進了屋裡。

阿煌大口大口地呼吸著野外的新鮮空氣。抑鬱的情緒早已飛到九霄雲外，碧藍的晴空裡靜靜飄浮的雲朵裡寄託著他少年的夢幻。一朵像隻明蝦，最上面那朵看來卻像虎頭。右邊那朵模樣像兔子，左邊的則有點像蜿蜒的長蛇。最下方的伸展成臥牛的樣子。他的心隨著天空飄逸的雲朵聚散起伏、飛揚。像繪圖般，在胸中洋溢著希望與遐想。

在阿煌的腳邊，有一隻蝗蟲正微微鼓動翅膀向前方飛去。隨著阿煌的腳步前挪又向前一躍。天空晴朗、風吹草偃，鳥雀在樹梢巧囀。

「來捉麻雀要不要？」阿海笑著慫恿他。

「好啊，可是要怎麼捉呢？」阿煌望著樹梢，側著頭在想。他的眼睛轉亮，全身血液沛然湧動。要是能捉到該有多好。捉到了，可以烤小鳥，如果還活著，就把牠放進籠子裡好好飼養。阿煌一下子想了許多。

「這個嘛……」阿海一時間也想不出捕雀子的方法。「乾脆我們去搜麻雀的巢，掏鳥蛋好吧？」

「哦，這也好，可是哪裡有麻雀巢呀？」

「有啊，走，我帶你找去。」

阿海帶著阿煌在野地裡四處跑。阿煌忘了家，忘了剛才還被父親罵。一心一意只想著麻雀的蛋。留在家裡多麼枯燥、煩悶啊！那種身心飽受壓抑的灰暗、沉鬱空氣，令阿煌對自己的家真是厭煩透頂。家裡沒有理解、溝通，沒有明朗的歡笑，只有冷淡的沉默。父親經常到鎮上的館子裡去喝酒。因為父親有錢，所以在鎮上頗吃得開。父親撇下自己的家庭，到外頭跟杏花樓的女人廝混，這些阿煌都知道得一清二楚。他知道父親在鎮上冶遊，也因此對父親的反感更為強烈。一天傍晚從學校放學回家，路過杏花樓時，他還親眼目睹父親粗魯地縱聲狂笑，野蠻地摟著女人親吻。阿煌並不曾把這件事告訴母親，只是每當父親約束他遊玩的時候，他眼前就會浮起這個畫面，他的心也就愈來愈僵、愈來愈冷了。而他並不喜歡這種感覺。

但在這時候，阿煌感覺來自父親的束縛感已經消失到森林彼方。他跟阿海嬉逐著。

二人扯開喉嚨高唱學校教過的歌曲。歌聲在周遭響起了回聲，再傳回他們的耳朵裡顯得十分的悅耳動聽。這真是一種令人愉快的體驗。阿煌的心中燃起編織夢幻的情緒。原野的歌聲具有多麼豐富的表現力啊，其中包含萬有，萬物在其中顯得如此的可親可愛、自由浪漫。

竹林子下有幾個小孩在玩。「躲好了嗎？」「還沒有。」拖著長長的童音。他們在玩捉迷藏。一個孩子扮鬼，蒙住眼，伏在相思樹幹上。其他的孩子一溜煙散開，都各自找地方躲起來。

「阿海，他們在玩捉迷藏哩。」

「那有什麼好玩？我們走吧。」

「可是看起來很好玩的樣子。」阿煌站定，笑嘻嘻地看著那群孩子在玩，看得興味盎然。

「抓到了！抓到了！」鬼興奮地叫。被抓的孩子靦腆地咧著嘴笑，飛快地由自己躲藏的地方跑出來。「又抓到了！」鬼一面叫著，一面跑來跑去四處找人。孩子們跟著嘻笑。一個孩子嘟著嘴說：「鬼使詐，不算。」「抓到了！抓到了！」有時候，扮鬼的孩子還虛張聲勢，恫嚇那些還躲著的小孩。一夥人玩得十分熱鬧。

「喂，阿海，我們也來玩捉迷藏好吧？」

「嗅。」阿海勉強答應。

「嗨，我們也要玩。」阿煌高興地笑著，等鬼把所有的人都抓出來。終於大家都出來了，扮鬼的孩子宣布下一個由阿花當鬼。「喂，阿仙，我來當鬼，讓我跟你們一起玩好不好？」阿煌懇求那個扮鬼的孩子。「現在我當鬼，大家快去躲吧。」他聲音宏亮地向大家宣布，自己則閉起眼睛伏在相思樹幹上。其他的孩子立刻散開躲了起來。對這些孩子來說，有人肯當鬼，他們是絕對歡迎的，只要遊戲能繼續下去就行。阿煌扯開了喉嚨高聲喊：

「好了沒？」

「還沒嗅。」有孩子應道，可是聲音已經很遠了。

「好了沒？」阿煌再問。

「已經好了沒？」阿煌一面喊，一面張開眼睛向周遭搜索。他興致勃勃地四處跑來跑去，有時發現了也故意裝做沒看見，待第二回才突如其來「哇——」的一聲，把對方逮個正著。笑聲立即爆響開來。接著第二個、第三個相繼都抓出來了。等到大家都被抓，最後一個被發現的孩子便得意洋洋地吹噓他躲藏的地方有多隱密。於是這些孩子也就紛紛議論起誰躲得高明或不高明。但最後誰也記不得結果如何，又繼續玩他們的捉迷藏去了。

在天空出現一群群的鳥兒紛紛歸巢的時候，白鷺也成群飛回牠們所棲息的相思樹上。落日的紅霞染紅半邊天，太陽眼看就要落山了。孩子們也三三兩兩的散去。是農家開始煮晚餐的時間，每一家的屋頂都升起了裊裊炊煙。

「回家吧。」阿海在催阿煌。名叫阿花的女孩子就住在阿煌家附近，所以她也在等阿煌一起回去。而阿煌一時卻還不想回家，要是自己跟阿海玩的事情又被父親知道了，少不了又要面對早上那種場面，一想到這裡，他就忍不住渾身哆嗦起來。他討厭家、不想回家。阿煌從遊戲的幸福感覺中一下子掉入了黑暗的深淵，令他舉步維艱。他的嘴又噘得老高，一心只還想再玩。

「可是已經很晚啦。」阿花瞅著阿煌的臉。

「再玩一下下嘛。」阿煌像要掩飾什麼，故意這麼說，他不好說他不想回家，只求能儘量拖延回家的時間。阿煌牽著阿花的手，說我們去採了花再回去。阿花聽說要摘花，立刻贊成。

阿煌笑著奔向原野。聽說那裡有美麗的花朵，他就高興得什麼似的。阿海後來想想採了花再回家也好，就隨後跟著跑去。

夜幕一層層籠罩過來，天愈來愈暗，遠山的巨大身影已經呈現紫灰色。周遭一片靜寂，一隻黑鴉嘎——嘎——嘎——地啼叫三聲，掠過他們的頭頂朝東飛去。阿海發現，開始搜尋阿煌跟阿花的影子。走著，走著，阿海竟脫離阿煌跟阿花有一大段距離。

「阿煌，回家嘍。已經很晚啦。」

聽到阿海的叫喚，阿煌心想：又要回去了嗎？他牽著阿花的手，不情願地由叢林裡走出來，回應阿海。

「阿海，要回家了嗎？」

「回去吧。天都暗了。」

阿煌像受到新的衝擊似地，受傷的心又隱隱作痛起來。早上的場面清晰地浮現腦海，他緊緊地蹙起了眉頭。他跟在阿海的後面踏上歸途，腳步卻沉重得拖不動似的。他的心被深刻的悲哀、黑暗所包圍。他一點都不想回家。阿海跟阿花也被他的情緒所感染，神情也顯得悒鬱寡歡起來。

「今天真是好玩。」阿花突然冒出這麼一句，打破了彼此間的沉默。

「我實在不想回去。」阿煌愈想愈不對，說著停下腳步。可是不回去，難不成要在這野地裡過夜嗎？想到這裡，他就愈發感到無奈了。

「這麼晚了，還是回去吧？」阿海催促他。阿海雖然也感染了阿煌憂鬱、感傷的心情，可是他明白天真的很晚了，實在不能再拖延不回家了。阿煌也就默默地邁開步子。但是心情卻沉重得想哭，頑固不通情理的父母造成了家庭的不幸。阿煌最後還是忍不住哭了起來。

原野也轉成了暗紫色，東面的群山因夕暉反照而一時間顯得亮了起來，暗紫的暮色由四面八方圍攏過來。草叢中間傳出陣陣的蟲鳴。還有青蛙也湊熱鬧似地鼓腹高歌。周遭的氣氛顯得多麼寧靜、和諧，可是阿煌卻如此傷心。他幽幽地嘆了口氣。

遠處有農夫由田野裡荷鋤返家，一面吆喝驅趕著水牛，一面哼著山歌。阿煌此刻感覺山歌居然也有幾分淒涼的味道，頹然地說：

「我們就快點回家吧。」

這時候，阿海突然想起昨天老師所出的習題。明天禮拜一老師會檢查作業，今天玩了一天居然忘記寫。「阿煌，真糟糕，我忘記寫習題了。」阿海一面走，一面向阿煌說。阿煌被他這麼一提醒，也才想到自己的習題也是一個都沒寫。

「哦，對啦！我也還沒動。」但阿煌的反應卻是冷冷的。阿海並不在意，一心只想著他的習題。他把題目一一想出來，再一個個仔細問阿煌，心裡想：這下真得快點回家趕作業了。

阿煌被阿海一問，也就全神貫注，認真地回答起問題。習題對他們兩人而言是非常要緊的事情。阿煌也問了阿海幾個問題。這時候他再也管不了父親會對他怎樣，只一心想著要回家寫作業。

自己並沒有理由不交作業，要是作業不交，到時候一定會被老師叫出去罵，那該有多丟臉啊。在許多小朋友面前被罵，對他而言不啻是身心的一大凌辱。因此他們必須趕在明天交作業的時間以前完成。他們彼此替對方解決疑難問題。有時忘了問題，便絞盡腦汁在想。兩人都顯得非常焦急。

阿煌的父親去了一趟鎮上，回來時整個心情就不一樣了。他雙頰酡紅，還意猶未盡地回味著剛才杏花樓的女人溫潤的玉臂。那女人的手臂有如凝脂般柔滑、像蛇一樣地挑動他情慾的烈焰。他回想著前一刻的溫存，不禁醺醺然露出陶醉的微笑。他步履蹣跚，口裡哼著由杏花樓的女人那裡學來的流行歌曲，東倒西歪地踏上歸途。

阿煌一聽到父親的歌聲，一顆心立刻涼了半截。他像石像一樣立定不動，阿海也吃驚地停下腳步，他像突然遇到一個可怕的人，全身僵住不能動彈。阿花也在稍遠的地方站住。阿煌驚愕呆立。他希望阿海能趕緊逃開，也希望阿花能安全回家。但是他怎麼也料不到自己居然會在這個地方遇到父親，所以腦袋一時間也想不出什麼可以替他們解圍的方法。阿海也想逃開、躲藏起來。兩個人心裡忐忑著，不知如何是好。

父親的歌聲突然頓住。他一看到眼前這三個小孩立刻皺起眉頭，鐵青著臉躁怒起來，認為阿煌沒聽他的話，居然跑出去玩到這麼晚才回來，簡直是罪大惡極，不可原諒。更何況又是跟那又窮、又髒的野孩子阿海一起玩。他想起今天早上的事情，更是怒火中燒，一個箭步上前，往阿煌臉上啪——地一聲就是一個巴掌。阿煌被這突如其來結實的一巴掌打得顫巍巍幾乎摔跤，那疼，簡直疼徹骨髓。阿煌咬緊牙瞪視著父親。緊接著父親一把揪住阿海的手，阿海嚇得跪地求饒。但是阿煌的父親豈肯放過他？劈劈、啪啪往他臉上摑了幾個耳光。阿海痛得哇——的一聲大哭起來，父親待還要再打，阿煌一下怒火上沖，抓住父親的手便使勁咬下去。父親痛得大叫一聲，舉起腳就向阿煌踢去。阿煌這下再也忍不住，痛得大哭起來。阿花站在一旁看他們鬧得天翻地覆，聽阿煌、阿海在哭，自己也嚇哭了。父親這下也呆愣住了，見三個孩子在哭，開始感到狼狽，但仍藉著酒氣怒斥阿煌，罵完了又再狠揍他，阿煌哭得聲嘶力竭，阿花也嚇得哇哇大哭，一路跑著回家。

阿煌出言頂撞，父親再打他。打得阿煌雞貓子喊叫，這麼一來愈挑起父親的無名火，沒頭沒腦地往阿煌身上亂打亂踢，阿煌扯肝裂肺地哭嚎，阿海見情況不對，忙替阿煌求情。

「阿伯，您饒了我們吧。我們不是去玩。是伯母見您回來得晚，要我們來接您的。我們並沒有去玩啊。」

阿海閃著淚光說。謊話在這時候說不定有特殊的作用。先前由阿煌父親罵阿煌的話中，他就體察出阿煌父親是不高興自己的兒子跟他們廝混在一起玩。阿海也明白自己家窮，跟他們家身分、地位不同是他受排斥的主要原因。但阿煌被打罵也實在可憐。於是他很機伶地撒了這麼一個謊。

阿煌的父親終於住了手。聽阿海這麼一說，才覺得有點不好意思。或許是自己弄錯了。他仍緊繃著一張臉，木立著默不吭聲。好不容易由幾分醉意中清醒過來，他這才發現自己果然是回家得晚了。這才垂頭喪氣地急急朝回家的路上走去。

阿煌還坐在地上哭個不止，阿海自己也還抽抽噎噎地，卻上前去攙扶阿煌。阿煌勉強哭著爬起來。阿海由衷地同情阿煌，更打從心底憎恨阿煌父親。他朝著業已走遠的阿煌父親背後猛吐口水，一方面又忙不迭地安慰阿煌。最後再也想不到什麼安慰的話了，便閉了嘴。二人就這樣在闃黑的野地裡站了許久。

阿煌終於止住了哭泣。阿海勸他回家。可是阿煌心想：我永遠也不要回家。

「我今天住在你家好不好？我不想回去了。」

阿海了解阿煌。帶著他朝自己的家中走去。二人都把習題的事給忘了。

第二天，阿煌終於在母親的勸慰下，跟母親回了家。

原刊於《臺灣文藝》第二卷第十號，一九三五年九月二十四日
本篇錄自《翁鬧、巫永福、王昶雄合集》，張恆豪編，前衛出版社，一九九一年二月一日初版，頁二五三～二六八，李鴛英譯

導讀

——梁燕樵

如果說巫永福的小說〈黑龍〉描寫的是一個小男孩如何想要逃離學校，逃離一切沉悶的常規生活的故事，那麼在隔年發表的〈阿煌與父親〉中，同樣是一個十來歲小男孩的主人公，這次想要逃離的則是家庭。

不像〈黑龍〉那樣幾乎完全呈現男孩的幻想世界，〈阿煌與父親〉為我們稍稍帶入了一些更具有時代脈絡的訊息。小說一開頭就呈現了男主角阿煌與父親的對立，父親儼然是一個舊式大家族的家長，在外奢靡揮霍，在內嚴厲冷酷。父子衝突的緣由，乃是阿煌與父親所看不起的窮人家小孩玩耍，然而阿煌憑著純潔的任性抵抗著父輩的偏見，當天仍舊逃離家中，跟其他小孩一起到野外遊玩。在阿煌與其他小孩的遊戲中不難發現，這種逃離了沉悶家庭的自在天地，才是阿煌真正嚮往的生活世界，因此就算天色已晚，他仍抗拒著回家的宿命。

通過這種家裡、家外的對照，巫永福向我們呈現出一個純真的心靈如何能夠敏銳地覺察並反抗著舊式家庭的種種偏見、陋習，以一個小男孩的真誠願望來揭示那個時代的積弊與希望。

輯四

他方與故鄉

黑龍

巫永福

一

他虛歲十二，但到十二月三十一日才滿十歲。他是除夕出生的獨子，格外受到父母的鍾愛。他的家中並不匱乏，祖父留有遺產，所以還能過一般人的日子。

由於出生得遲，他一直到十歲時才上公學校。他非常厭惡學校，但又不像別人家的孩子那樣地撒嬌著不去，性情剛烈而彆扭，他總是固執著不願上學，以此來為難母親。

一日，年長兩歲的父執之子在上學途中，聞說他不願上學，突然笑著低語說：

「嗯，到一個好玩的地方吧！我帶你去。」

少年的母親幾度帶著他來過家中，他是十分清楚對方的。他一直猶疑不定，他並不喜歡少年，但也不算討厭。

「上哪兒？」

「跟我來準沒錯的。」

說著，少年向他的母親招呼：

「伯母，早安……我和黑龍上學去了……」

母親由衷地感激著這個孩子，若不是他，兒子已經磨菇了一個小時，還不知要折騰到幾時呢？她笑著說：

「好孩子，去吧！」見到自己的孩子還按兵不動，不禁又說：「小心點喔……一切拜託阿淋了。」這樣好不容易才看見孩子悻悻然出門而去了。

黑龍不喜歡和學校裡的小朋友們一塊兒玩，而且也十分畏縮，他總是一個人躲在校園的一角。越是接近學校，他越是擔心阿淋將會讓自己和三年級的小朋友們玩，於是略感不快地問：

「到底要做什麼？」

黑龍的意思是想早些明白是要做些什麼遊戲？是在校門前分手？抑或兩人一道去玩？

「反正你跟著我就是了。」

阿淋得意洋洋地說著，黑龍則默默不語。學校就在眼前，阿淋心慌地催促著：

「快，快，別讓人家看見了……」

說著，他倆往右邊繞了過去，黑龍知道右邊將通往河畔。

他想起每天下課時，總有同學在這交叉道上引誘他，他不答應，同學們就譏笑著他，逕自向右折去。

清晨就往河邊走，黑龍並不感到奇怪，這毋寧是開小差的最佳方式。不久，阿淋開始雄壯地吹起口哨，步伐也活潑得像踩著進行曲，這些舉動迫使黑龍重新估量眼前這並不熟悉的少年。「好極了！」他喃喃說著，也想吹起口哨，但卻無法做到。不知不覺地，落後了老遠老遠。

「快些啊！」阿淋快步跑近，笑著惡作劇地拖拉黑龍。

一向喜好幻想的他從未如此被人拖拉過，因此感到張惶失措。他用力甩開阿淋向前奔去，奔跑之間突然對阿淋產生了莫名的好感，於是他忘我地叫著：

「我們來賽跑吧！」

也不知為什麼奔跑，他追越阿淋之後沒命地跑著，阿淋也忘卻了口哨不住地追，兩人忽前忽後，跑得氣喘如牛。

一整天，兩人就在校外盡情地嬉戲。在河畔撿拾美麗而光滑的石頭，在水中跋涉，爬到樹幹上比賽投石。笑聲始終沒有間斷過，黑龍甚至笑得掉下淚來。

黑龍並不是陰鬱的少年，但卻喜歡沉溺在美麗的幻想中，這是他的缺點同時也是他的優點。他原是個性溫和的孩子，在雙親的驕慣之下，卻變得固執而矯情。

從此，他每早會主動說著：「我上學去了。」一丟下站在一旁驚訝著的母親，飛快地奔出家門，來到家人看不見的街角，更是一口氣跑到河邊。偶爾睡遲了，連早飯也來不及吃，拾起書包就離開家門，使得母親困惑不已。（當學校裡的老師來告訴她：「士林最近很少到學校讀書，到底是怎麼了？」之時，她的驚訝更是不在話下。母親多次在心中嘀咕著：「這孩子怎麼會這樣？總叫人擔心。」一想著竟頻頻嘆氣。）

黑龍偶爾到學校去，有不熟的同學前來邀約，他也會在放學後和他們一起到河邊遊玩。

「我為什麼不和他們一起玩？他們也不錯呀！」他想著笑了起來，回家的時間也就越來越晚。一回到家，說是肚子不餓，明天還需早起，忙不迭地躲到被窩裡去。黑龍如何也不會忘了次日的計畫：與三、四名同學在河邊集合，然後一起去遠足。儘管母親苦口婆心地叫他起來吃飯，他還是相應不理，母親只好佯稱他已經吃飯上床去了，以瞞過素來嚴厲的父親。

揉揉眼睛一看已經九點，黑龍不相信地再看了一回，短針確實指向九，於是忿忿地向母親哭訴：「九點了，不去上學，不去上學了。」事實上，母親早在八點以前就喊過他，黑龍起床後不久又昏沉沉地睡去。

「你還生氣？八點以前就喊過你，自己不肯起來，還要發這麼大的脾氣。」

「妳沒有喊我，我才起不來。妳明知道我一定要在八點鐘到校的。」他哭了起來，想到今晨的約會（母親不知道遠足的事），他不禁悲從中來，頓足捶胸，哭得震天價響。

「媽媽沒有喊我起床，害我遲到了。……老師會罵我……我不去了……不去了……。」黑龍的哭聲使母親想起他已許久沒有上學的事，她流著淚沉默了下來。

「哭什麼？」父親聞聲從屋裡走出來怒斥著，黑龍平生僅怕父親，慌忙躲在母親身後。

母：「好了，乖乖地上學去吧！」

子：「不去，不去。」

父（斥責）：「大清早哭個什麼勁？（看鐘）九點了，還不上學去？」

子：「不去……」

父（咳嗽）：「怎麼不去？去！去！」

母：「嗯，乖乖地上學去吧。」

母親說著，帶他到另一個房間低聲撫慰著。他仍堅持「頭痛」不肯上學去，整天把自己關在房裡。

他的父親脾氣雖壞，但卻是個好人；雖嚴格但也不失愛心。他升上二年級時，父親卻因感冒引起肺炎併發症死了。父親死後，家道中落，母親隨後也死於肺病，那年他十二歲。

二

黑龍是他的暱稱，他的本名叫士林，戶口名簿上寫的也是「士林」，學校裡的老師也叫他「士林」（他的友伴稱呼他黑龍，父母及親近的老師也如此稱呼他。）

他從小就脾氣反覆無常，頑固而又彆扭，父親戲謔他是一條「黑龍」，就此變成他的小名。有些同學以為他本名就叫黑龍，聽到別人呼他「士林」時，常訝異地問道：「誰是士林？」

他的個性經常困擾著父母，對於有興趣的事是那麼專注，不喜歡的事卻連甩也不甩。父親曾多次勸誡他：「世間的事不如人意者十常八九，誰都有喜惡，但你不能完全摒棄自己所厭惡的事。」黑龍的母親不似父親一樣嚴厲，嘴裡雖不說，背地裡卻時常為他的事流淚。母親相信黑龍有可取的一面，但卻又深知黑龍個性中的柔順早已變成偏頗不堪，她深深擔心著一旦自己撒手而去，年輕的黑龍勢必淪落不幸，這也是她時而暗地飲泣的原因。

「你怎麼會這個樣子？」父親偶也會黯然地嘆息著：「你應該是個感情豐富的孩子啊！」

父親總想著要矯正他的偏執，不停地勉勵他按時上學（這點卻失敗了），並設法促使他從事掃除工作，父親雖一再監督他做些自己不喜歡的事，工作中的黑龍卻一邊微笑，一邊如夢遊者般地神思恍惚。黑龍不時地陷入夢想的世界中，工作時如此，不工作時亦復如此，使得父親無計可施。

父親想到將他寄託在老師家中，接受嚴格的教育，沒幾日黑龍回來了。他頭髮蓬亂，眼露兇光，雙頰削瘦，呼吸急促，原來一絲不苟的老師並不能獲得黑龍的愛戴，他甚至批評自己的老師是「大猩猩」。在黑龍心目中，父親所請的老師根本是言語枯索的傢伙，他雖曾盡力忍受（母親曾流著淚殷殷勸說，要他不可違背父意，父親在這以後數日果然死了），奈何卻感到：「與大猩猩相處，總有被咬的一天。」以是惶恐地不知何以自處。離開老師家，他在野外流浪了兩三日，才抱著受責的心情回來。當時他已深深感受到父親的瀕臨死亡，見到父親呼吸阻塞，臉孔通紅，他不覺想到：「父親快死了，我會替他向媽祖祈福的。」

記得是他七歲時的事。祖父死了，選定吉日準備安葬，他原應以長孫的身分，捧著祖父的牌位，坐在轎中送祖父的靈柩還山，然而黑龍不知何故非常討厭坐轎，竟予以峻拒，身處狹隘昏暗的轎中，會使他有喘不過氣來的感覺，何況他又如此不願受人擺布，於是他嚎哭著拒絕了。發葬時刻迫在眼前，人們焦急不堪，最後只得由父親捧米斗，黑龍步行（或被抱在懷裡）結束了葬儀。當時父親已經把他的性情看在眼裡，又是告誡又是打罵，自從知道打罵對黑龍絲毫無效後，父親也死了這條心。父親鞭打黑龍時狀至痛苦，好似在鞭打著自己。黑龍一動也不動，父親狠下心來不肯稍移鞭子，只有母親儘在一旁哭泣著。

事後父親總是原諒了他，並且表現出「這樣做全是為你好」的模樣。父親一向抱持著「嚴父慈母」的觀念，為求兩者均衡，他對黑龍的管教方式毋寧是十分嚴厲的。黑龍既是恐懼，一方面卻又千方百計地要討他歡心。

他對食物與穿著有著極強烈的喜惡，並且老是堅持己見，動輒以破壞或丟棄來要脅母親，母親在這種情況下總是順從著他。

母親與父親都死了，他偶爾想起母親無助地哭泣的神情（雖然他也時常地不以為意），便會難過得捶胸頓足。

「母親真好。」他哭著，眼淚不自覺地流了滿臉，母親的一言一行也陸續地浮現腦海。「母親如果是天使，我就是小天使。」他不停地想著。其實黑龍在乖順的時候倒真是個好孩子，但從小他心中所存留的影像就只有父親，黑龍對他又敬又畏，對母親卻是疏忽大意，並且時常抱持著殘忍的想法——「母親對他所做的一切是理所當然的，盡她本分而已」。然而黑龍的生活卻大部分與母親連繫在一起，母親的死比父親的死更令他悲傷，也令他花費更多的時間去回味。如今想來，當初離開學校一方面固是厭惡上學，一方面也是無法摒棄母愛所致。

三

父親感冒臥床已經超逾兩週，父親承繼了祖父的財產後就不事生產，每天恍惚度日。父親多病，長年飲藥維生，臉色蒼白，精神不濟。父親幾乎是沒有收入的（除了部分利息），只是一味地消耗著他的財產，所幸他生活撙節中度，極少產生大的破綻。

有限的物質財產在祖父死後五年已經所剩無幾，今年的情況變本加厲，父親的疾病所費不貲，他們老想設法為黑龍留下一些財產，盡力節省衣食所需，但卻力有未逮。

黑龍偶可聽到父母親在商量著變賣土地及家計困難的事，不久就聽到他們兩人低聲地哭泣著。父親常猛咳著說：

「沒有人會了解我們的困難並且伸出援手的，情況這樣不景氣。土地也變得不值錢了。這種日子實在過不下去了……除了這個家之外，我們可以說一無所有了。……我在想……我為什麼連留給黑龍的一份也保不住？我們如果死了，那孩子一文不名，只怕會淪落街頭，但是不賣掉又能如何呢？……賣了也許可以治好胸疾，病好了我可以出去工作，拚命賺錢來養活妳們。唉！事到如今，只有賣了吧！」

「是啊！」母親答道。

「妳願意嗎？」

「還有什麼法子呢？」父親又死命地咳過一陣，繼而變得十分興奮。

翌日有一名黑龍不認識的人過訪，陌生人走時，母親無精打采地跟在背後，黑龍明顯地看出母親衰老了很多。

黑龍深深地察覺不幸已經來臨，他發覺自己像個精壯的少年，精力充沛，充滿著鬥志。但黑龍仍不想去工作，他多麼希望或許兩年、三年、五年以後，能夠闖出一番轟轟烈烈的事業來。（黑龍雖厭惡工作，但他只要想到各種使自己不能工作的理由，便無由地興奮起來。）於是他開始沉溺在幻想之中。（他已經忘卻家中的貧困及窘迫，甚至不曾想到工作以解危機。）

「到十八歲，一切都可好轉了，那時我將擁有自己的田圃（他忘了田圃已經賣掉），可以捲起衣袖努力耕作。（黑龍想到工作時，快活得好似看著別人工作一般。）每天揮著汗工作，兩年之後田地收成，蔬菜青葱翠綠，家境就可以好轉了。」

一轉念，他又墮入了其餘的幻想中。

「十八歲時（他時而想像十八歲的自己身強力壯，這種觀念牢不可破），我必做出驚天動地的事。也許有一日，我無意間走入荒山，山中曾有土匪埋伏，金銀遍地，燦爛奪目。……我走累了，倒在繁茂的樹下休息，金銀在雨水沖刷下，呈現在我的眼前——我不知它們是金銀——我疑惑地用手挖掘它們，啊！無盡的財富竟然全屬於我。」

他興奮狂喜，眼中浮現淚水，那是悲哀的眼淚。黑龍明知幻想不可能成真，加之眼見家中光景慘澹，滿腔的熱情迅速化為灰燼。

黑龍沉浸在「金銀悉為幻想」的思慮中，英雄式的氣魄及對父母的孝心，卻迫使他想到「他們對我愛莫能助」一事上，於是懷著悲愴的心情開始踟躕於屋內。他搓著雙手，想起昨日那常去的小河竟然發現一具屍體。怎麼死的？他不知道。儘管父母百般阻止，黑龍的好奇心卻驅使他走向河邊。那是個二十二、三歲的男子，頭髮硬直，近耳處微鬈，原是淺黑色的面龐變得青紫。倒在河灘之旁，翻著眼白狀似窒息而死，手足扭曲，口角歪斜，身體向後仰。

究竟是怎麼死的？死者身上沒有他殺的傷痕，據推斷是臨時性的疾病發作，求救無門，窒息而死。

黑龍初見這個男子時，毫無憐憫的感情，只是深深地感到憎惡，就好像看到殘酷的動物死去一般，惶恐地逃了回家。

死去的男子令他聯想到美麗的小河，昨日他曾渡過小河去看男人的屍體。河面上陽光普照，黑龍多想委身幻滅與迷妄的幻想，在其中找尋快樂。我的身體不是小而且輕嗎？（黑龍的想法危險而又天真）縱使躍入河中也會浮起來吧！（他不諳游泳）那我就是仰天而臥，觀察天際的雲彩變化，隨波逐流，好不痛快！

他開始覺得有關金銀的幻想真是再陳腐也沒有了，水流的思考卻能給他新的震盪，他興奮地叫著：「哦，太棒了。」繼續沉溺其中。

「某個晴朗的午後，薰風吹來，精神爽快。河岸（必須是自己常去的河川下游）一大宅邸中走出一名神氣的大人物，那人的舉止動作就像所有的有身分地位的人一般。黑龍遲疑之際，他已經下令僕人備船，準備泛舟河上。身著絲絹華服的僕人們從自家的船舶處划出船來，在和風麗日、青空古樹的陪伴下順流而行，大人物悠閒自在地眺望各處的景致，心中喜悅地自語著：『我真是最偉大的富翁。』恍惚之間，來到自己所有地的左方一帶，他得意地望著刻有花紋的划槳。

那時我正忘我地仰臥水中，望著萬里無雲的天際，不覺間觸及他的船。我突然嘶聲地抓緊他的船，不住地叫著：『救救我，救救我吧！』不！我還是若無其事的隨波逐流，船夫發現我的存在，他發狂地叫著，彷彿船即將顛覆一般。大人物受了驚並且也見到了我，他那時心情恬適，或許會發出惻隱之心幫助我。（這些事必須在極自然的情況下進行）我成了他的孩子。他無子，見到伶俐高尚的我就決定收養，這也是我的幸運。因此我搖身一變而為巨富的幼子，父母親受到庇蔭衣食無虞，這都是我細心策畫所成。」

黑龍想到這裡，不禁高興得坐立不安起來，事情彷彿就要呈現眼前一般，使黑龍更為深信不疑。

黑龍繼續想像著華廈玉樓，如宮殿一樣的父家。庭園深黝，林蔭潮濕，動物自由出入飛翔，花香鳥語，飄散整個宅邸。百花盛開，無分四季，無論睡眠與夢想均是那麼恬適，那兒多的是黃金之光、黃金之水、黃金之頂……黃金之……。

他扭絞著雙手，但覺血氣貫頂，下肢與胸體的血液全都湧聚頭上，使他感到自眩。走了兩三步便覺頭痛萬分，黑龍忍耐著奔離屋中，向著大街、學校而去，腦中一片空洞。

他忘我地跑著，直到聽見了喚聲，仍無力氣回答。他的手臂被老師緊緊抓住，他想哭，魯莽地掙脫著。

「怎麼啦！跑得這麼上氣不接下氣？」老師關切地問著。

「怕挨罵嗎？」老師笑道。

「……」

老師望著他的面孔。

「怎麼臉色都變了？是你父親打了你？……今天放假……你是不是做了什麼不禮貌的事？」

黑龍感到老師的手鬆弛了，忙不迭地甩開了它，背著老師，緊咬下唇回到家中。他是徹底地清醒了，也失望透頂了，他急急地鑽入被窩中，任憑淚水匍匐滿臉。

從賣了土地，家人除現居之外一無所有之日起，父親就因急性肺炎病情惡化，於數日後過世。父親死時是那麼瘦削蒼白。

四

姨母的家中並不富裕，本來就是貧窮的農戶，膝下有五名子女，每日在工作與喧嘩中打滾。姨父三十六、姨母三十五，孩子們分別是十五歲以下的男孩兩人，女孩三人。

母親死後，黑龍投告無門，葬儀終了，就被姨母帶回家中。母親生病時，姨母常來照顧，頗給黑龍好感。其後黑龍輟學回家照顧母親，姨母與咳嗽不止的母親常在一起閒聊。母親的病看來十分沉重，憔悴不堪，眼圈烏黑，頭髮蓬亂，雙頰瘦削，嘴唇青紫，目光柔弱，白天時雙頰常呈現紅斑，藥物並無法改善她的病情。母親彷彿知道距離死期不遠，總以不安的眼神望著姨母，企圖託付獨子，正欲啟齒，雙唇卻不由自主地顫抖不已。

她竭盡了一切力量與生命相搏，要求妹妹代理家中財物。姨父偶亦來探病，表弟們也來，但都感到害怕而匆匆離去。

最後，母親實在無力再與頑強的生命抵抗了，她使出僅有的力氣，一字一淚地說著：「一切拜託妳了。」那是夜裡十一時，昏暗的燈光照著母親的臉如石膏一般地僵硬，母親的眼睛微睜著，氣若游絲。

他整整地哭了一晚，並且死命地叫著：「母親死了，母親死了。」哭累了就靠在母親的床沿，苦苦地挨到天明。從這時起，他時常回想著父親在世時的母親及死時的母親。

「母親究竟是到天國還是到了地獄？這兩個名詞我時常聽到，但母親究竟到了哪裡？」他有時會想著。

他想起母親生前，自己是那麼恣意任性，為所欲為，有時還殘酷地故意去傷害母親，心中便覺痛苦不堪。

與表兄弟們一起送母親的棺材還山（家中貧困，葬儀的形式極其簡單），見到母親的棺材一部分一部分地被泥土掩沒，卒至完全沒入土中時，黑龍悲慟地昏了過去。

患病期間，姨母的孩子們對自己都非常親切，姨丈雖冷淡但也不至於視而不見，但黑龍總深深察覺姨父對自己的敵意，並且想著：「他們自然沒有義務對自已好。」他時常遏止不住思念母親的情緒，幻想著母親的靈魂長相左右，將使自己免除災難，腦中浮現母親於死前兩三日說過的話：「即使死了，我也不會離開你。」

他開始像夢遊病患般地思念母親。

自日，他走出庭院，望著青翠的水田，幻想著母親淪落地獄的場面，痛苦得不能自拔。「這樣好的母親，死了也該變成天使的。」他幻想霞光萬道之下，玉皇大帝等人出迎母親，想像中母親的王國裡有更廣大更華麗的花園，終日笑聲不絕，但她並不快樂。他企盼能再度見到另一個世界中的母親，想像中，有時忍無可忍，他會步行一里半之遙，去到母親的墓旁。

「母親一定會開心的。」他想著，但又無任何供品（他不曾告訴姨母）。他想起母親在世時有時給自己一些零用錢去買點心吃，他就利用這些錢買了紙錢和一些餅乾（他記得母親喜愛的餅乾只有一種），跑向母親的墳墓。半途上紙錢或餅乾掉落，他就折返拾取，然後再匆匆向前跑去。紙袋裝的物品容易掉落，他決定把它包在手帕中再行趕路。

最後他發現自己竟然忘了帶火柴，真是失望極了。他仰著頭，跪在墓前，讀著「汪媽三代」數字，但又不知「皇妣」二字何意。他知道母親已被埋入土中，此生是再也無法見到了，於是決定供上餅乾，燒了線香和紙錢，長跪在墓前。黑龍遍尋不著火柴，只好以小枝挖土埋下攜來的供品，其後失神地儘在墳墓四周徘徊，直至歸來之前。

從他開始外出起，姨母的孩子們便無由地唾棄他。十五歲的吉源老是臭著一張臉，白眼相向。十三歲的吉清最是厭惡他，只要黑龍上了飯桌，他就一語不發地捧著飯碗到庭院裡吃。吉清的態度每換來姨母的怒斥，眾人便把過錯都推向黑龍身上。黑龍忍耐著，只與對自己友好的琴英遊玩。八歲的琴英在五人中最為可愛，靈活的雙眼尤為黑龍所鍾愛，她的溫柔與母親略似，她的姊妹錦花和秀英雖不厭惡黑龍，每見到他與琴英遊玩時卻老是白眼相向。

黑龍知道除琴英之外的表兄妹們並不歡迎自己，因此也極少理會他們。黑龍長得白皙秀氣，但卻無法贏得姨父的歡心，其原因有二：父親在世時，姨父曾向他調借現款，當時父親患病，家中生活拮据，就沒答允他的要求，姨父以是懷恨在心；其二，姨父深覺食指浩繁，多一個黑龍，肩上的擔子似更沉重。

他知道自己的孩子無法與黑龍相處後，對黑龍更加刻薄。某個晴朗的早晨，當黑龍被一個老人帶回時，他怒氣沖天地掌摑黑龍，不顧一旁的陌生人，同時說著：「走了最好！」便漲紅著臉匆匆離去，趕著牛下田耕作了。

他認為黑龍對自己不滿因而逃家，在外頭必然四處傾訴著所遭受的非人待遇，冀望獲得他人的同情，這對他不啻是一樁難堪的侮辱。

黑龍羞恥得面頰通紅，臉上的刺痛使他欲哭無淚。「太太。」老人撫慰著黑龍，一面向姨母解釋道：「太太，你家的孩子跑到那邊的山（他指著，那是黑龍母親的墳墓所在。）去了，他看來非常疲倦，靠著墓碑就睡著了。一直到太陽升起，我要進城時才發覺。……他睡死了似地，好容易把他喚起，他卻不住地喚著『母親，母親』，好似夢魘一般，他不願回答任何話，只說回家令他感到羞恥……。孩子總難免犯錯的，他對自己的過錯感到羞恥，那已經值得原諒了，所以我才跟著他一起回來。原諒他吧！如果他有錯，也請看在我這個老人的情面上。」他牽起黑龍的手說著：「聽長輩的話，知道嗎？」說著笑道：「我要到城裡去了，再見。」

「進來喝杯茶吧！」姨母致謝著，老人卻帶著微笑走了。

姨母緊盯著黑龍，她不明白黑龍何以會離家出走。是受到眾人的唾棄嗎？自古以來常有受虐待的孩子被逼死的故事，她想黑龍是在父母的墳前哭訴了一夜吧！他的母親死了，孤兒的悲傷與寂寞是可想而知的，然而自己不也是盡心盡力在照顧他嗎？他竟能露宿一夜，向母親哭訴不幸？

她想起黑龍與自己的丈夫、孩子都合不來的事，並且明白了其間的嫌隙。離家出走，露宿母親墳旁，她簡直不能忍受這種侮辱，然而她對黑龍畢竟還存有憐憫之心。依戀母親的可憐孩子，女人纖細的感情受到觸動了，她甚至憧憬著來日自己死了，孩子們也能時常到墓前探望。

「你為什麼要露宿野外？」她幾乎不能抑制脫口而出的慾望，但黑龍始終緘默著，她只好召喚他進屋休息。

黑龍也不明白自己何以會睡在母親的墳前，他百思不解。「記得黑暗的竹林與稀疏的星光遠遠向我招手，犬吠聲清晰而恐怖，梟在林梢嘶叫，我覺得孤苦無助（那時恐怕已經八點，家人都已入睡），彷若即將窒息，不覺間就睡著了。今早有一老人喚醒了我，太陽當空照耀，老人微笑地注視我，並且領我回家。啊！我是在母親的墳前睡著了，真是在母親的墳前睡著了，一直睡到今早。」他……「怎麼會到那兒去的？彷彿不曾觸及沿途的水田泥沼、小川、樹林，就到了那裡，我並不清楚墳場的去向啊，是母親指引我的吧！這真是不可思議，如果我完全清醒，或許還可記得蛛絲馬跡吧？既是母親領我回家，我不是曾看見母親了嗎？」

他沉溺思緒中，企圖化解謎一樣的昨夜，然而這依舊是個解不開的謎。

原刊於《フォルモサ》（福爾摩沙）第三號，一九三四年六月十五日

本篇錄自《翁鬧、巫永福、王昶雄合集》，張恆豪編，前衛出版社，一九九一年二月一日初版，頁一八五～二〇三，林妙鈴譯

導讀

——梁燕樵

一九三四年，還是明治大學文藝科大學生的巫永福，在臺灣第一個純文藝雜誌《福爾摩沙》發表了〈黑龍〉這篇日文短篇小說。在這篇充滿幻想色彩的小說中，因性格人性不羈而被稱為「黑龍」的男主角，是一個生在寬裕家庭的十歲小男孩，他屢屢憧憬著逃離家庭、逃離學校的自由生活。然而，生活的危機逐漸隨著父親、母親的相繼去世而來臨，黑龍在這危急中仍沉溺於不切實際的幻想，繼續逃離著「學習—工作」的正常人生軌跡。最終，母親的去世讓黑龍恍然追念到過往的溫情，寄人籬下的處境讓黑龍體會到生活的艱辛。在小說末尾，藉著對母親的思念，黑龍在神祕力量的引導下夜宿墓地，醒來後卻只感到一陣迷惘。

巫永福在這篇小說裡幾乎抽離掉了所有的人物時代背景，純粹致力於內心世界的描寫，這種文學手法受到了日本當時的文藝思潮影響，由此呈現出十歲小男孩的幻想世界也格外具有超越時空的感染力。尤其值得玩味的，是小說中黑龍逃離一切常規生活的旺盛幻想力，以及母親去世後突然襲來的思念與迷惘，後者幾乎是一種隱喻，隱約指向當時臺灣知識青年眼中無力而溫暖的故鄉。

夜猿

張文環

一

每當太陽即將落山的時辰，猴群便從下游沿著樹梢，回到對面的山裡去，這時森林恰似受到風的吹襲，葉子翻過白色的背面，激烈地搖盪起來。對面山中的斷崖有窟窿，那便是猴群的巢穴。沒有比這些過著集團生活的動物返巢的時候，更容易撩起鄉愁了。石家一家人剛搬回這獨屋的時候，不但是孩子們，有時連一家之主的石都悲傷起來，咚咚地敲響做給孩子們玩的竹鼓以資排遣。這幢房子雖然是祖傳山林的山產物加工廠，然而昔日的痕跡早已消失，經過改建後，規模變小，看去只不過是寂寞深山裡的孤零零獨

屋罷了。石家曾經是大家庭，有五兄弟，後來一下子死了兩個，石的善良的父親便為了防杜日後紛爭，認定同輩的人還在世的時候分家比較好，便自動地要了這深山的土地。石在父親過世後，忍不住地從山村跑出街路去，混來混去混不出名堂，便只好再回來村子。但是，工作上到底還是這深山裡的獨屋方便些，便與妻子阿娥商量，決定搬來這裡住。

「就當做是人生的磨練，讓自己置身在最惡劣的環境試試吧。」

「怎麼說是最惡劣的呢？這不是我們自己的土地嗎？自己的土地，當然應該自己來守啊。」

妻倒因丈夫的決意而受到感動了。想到丈夫在街路上放蕩的情形，在山裡從事開墾的家庭自然是最可靠的了。在石這邊來說，本來是想安慰妻子的，這一來反而受到了激勵，胸臆間也就輕鬆起來了。他之所以決定從事開墾事業，主要乃因老爸生前的親友知己看不過他在街路上徬徨的樣子，勸他這麼做的。

「放著自己的家業不去管，每天在街路上吊兒郎當的，賺一個月十二圓的薪水，又有屁用？」

這話使石甦醒過來了，於是下定決心要重振家業。如果沒有資本，對方表示願意通融，石便踴躍地帶著一家人回到故鄉T村。

猴群就像一陣風也似地回巢，嘎嘎鳴聲清晰可聞，但影子卻一隻也看不見。雞回塒了，石便把抱著的小孩放下來，看塒門與週遭，這是為了提防夜裡出沒的狐狸。他還把不久前村子的親戚給他的一對鵝，小心翼翼地放進用木板釘成的堅牢的巢裡。由於蛇忌鵝糞，所以牠們也是深山農家不可缺的家畜。然後，石還要給正在用尾巴忙著趕蚊蠅的黃牛一把草。這時，做母親的從暗下來的廚房裡喊起來了：阿民，叫阿爸給你洗腳啦。阿哲一聽便搶先跑去。這時，牛「哞！」地叫了一聲，做母親的便問做父親的一聲要不要把牛趕進牛欄，父親回答說天氣這麼好，還是在廊子好，父親說著便進來廚房舀水。其實，石也知道蓋在院子裡的一角的牛欄裡比較好，但是這麼一來廊子就太寂寞了，因此石通常都是讓牛待在廊子上。夜裡，從寢室裡可以聽到牛的氣息，彷彿這也可以使這獨屋熱鬧些，石是把牛當作家中重要一員的。

每當夕闇把山間風景塗成漆黑一色的時候，星空便沉沉地澄清起來。這時人間的燈光就只有廚房裡的小盞與正廳裡的燈，加上寢室裡的一盞小手盞而已。由於撲燈而來的小蟲和飛蛾很多，晚餐一畢，一家四口便進到寢室裡。好比請了幫工或者逢工作季節等以外，石不會在大廳記帳目或計算季節的收穫。儘管如此，有時懷念起街路來，便獨自留在大廳裡，被催著一般地打起算盤來。一家四口上了床後，這獨屋便像沉到闇夜底部一般，這時沒有塗泥巴的滿是縫隙與洞的牆上，星空便豪華地輝耀起來，從四方八面還傳來山間禽獸不易入眠似的鳴聲與巢被占去的悲切的鳥叫以及遭了狐狸暗算、拚命掙扎翅膀的聲音。右邊對面的洞穴裡，有時也會傳出小猴被母猴擠開時的叫聲。偶爾，還會聽著這些鳴叫聲，一面想著星星的世界落入睡眠中。剛搬來時，石忍受不了寂寞，反而受了妻子一陣奚落，洩氣之餘說寧願搬到村子裡去住。

「這也算是個男子漢嗎？真差勁。一旦說出去了，連像我這女人也沒有臉再出去啦。又不是一生都要在這裡，只要竹紙工廠弄好了，筍乾廠也停當了，不消兩三年便可以搬出去的。小孩子也得上學校。」

被妻子這麼一數說，好像將熄的火又注上了油般地思量起來：不錯，我也是這麼想的，可是孩子們太可憐了。妻的話一點沒錯，在街路上過窮屈的日子也不見得好。夫婦倆多吃點苦，也要把孩子們好好帶大才對。吃得苦中苦，方為人上人。阿哲有點粗暴，阿民好像很聰明。即使夫婦倆努力後境況還是不能好起來，那麼到了孩子們的時代，必定可以改善的。天永遠不會背棄善人……。

一家四口就這樣落入靜靜的夢鄉。

石目前努力的事業就是利用附近山丘斷面的石壁來充作曬場，加蓋一幢房子做為製造竹紙的工廠。有這一片竹林，好好利用，一家生計是不會有問題的。用桂竹來造竹紙，麻竹做筍乾，每年可望淨賺三四千圓之譜。不過他們一直都沒有蓋這些工廠的資金，所以石就在街路上受雇於一家一商店當一名記帳的，好不容易地維持著生計，山林則以低廉的代價租給別人。那是大正八、九年（民國八、九年）好景氣時代的事。老爸死後，很快地生計就無法維持了，這才決定搬到街路上。他一直都嚮往把土地租給人，自己謀個差使來過日子的生活。然而，街路上的生活並沒有像在山中部落所想像的那麼好。一天，石在市場裡因一件芝麻大小的事差一點跟人家打起來，剛好被老爸的好友萬頂伯看到了，受到了一場好罵。萬頂伯是附近的一位大地主。

「混蛋！你這人真是傻到底啦。虧你還是阿敬的後生哩。在這樣的市場打架，你到底想怎麼樣？好好的一份家業丟在一旁，來到這裡遊蕩，真是沒用的東西。」

好幾年都沒有再聽到這種入情入理的大吼了，石不覺滿懷感激地看看老人的面孔。白白的山羊鬍子微微地顫抖著。石低下頭，打架的事早已忘了。老人要他一塊走，便從後跟上去。

「有諒，你是個不孝子。你老爸給你留下很多的土地，可是你看都不看一眼。我剛才一直在看你跟人家吵，這樣的事，如果是你老爸，才不會放在眼裡。你老爸真是個有雅量的老頭。可是你呀，真是糟糕透了。為什麼你討厭做個莊稼人呢？」

「不，我不是討厭。」

「不討厭嗎？現在的人都開口事業閉口事業。你的事業是竹林，可以做竹紙，也可以做筍乾。你為什麼不幹這個呢？」

「萬頂伯仔，我沒有資本哪。」

「為什麼不講？」

石這才第一次想到，原來像他這種人也有人願意借錢給他。但是，石恰好是不喜歡到處借錢的。

「我幫你出錢好啦。商店那邊，我也可以當你的保證人。」

「真的嗎？萬頂伯仔。」

「我幾時撒過謊。」

第二天，石又去看萬頂伯，並決心離開街路搬回村子。首先，他請一個遠親買牛，街路上將來要打交道的商店也說妥了。拖工廠裡的石磨的牛和耕牛是最要緊的，萬一買了懶牛，一切工作的效率都不好。牛依體格，可分為能幹的與懶惰的。還有，體格不好的牛，不管多麼強壯，活兒幹起來很快地就累了，因此石必須請個懂牛的農人幫幫忙。還好他買下的黃牛人都誇讚，頭彩可算不惡了。搬到獨屋後不久，曬場邊的工廠也蓋起來了，將嫩竹浸石灰汁的長方形石板池也造了三處，此刻三處都是滿滿的嫩竹。頭一年，為了工廠與池的工程，這一帶山區因人聲與鐵槌聲而熱鬧起來。這些準備工作完成以後，隨著季節不同，兩所工廠也開動起來。製造竹紙方面，春天是把竹子浸在池裡的季節，從夏到冬，因竹紙與筍乾雙方的工作，兩個工廠都有二三十個人做工。從冬到春初，這獨屋彷彿被遺忘了，是一段完全空閒的期間，與那些猴子們成為一夥了。住在這深山的獨屋，而且還得背幾千圓的債，石覺得這樣的人生未免太寂寞了。

「只要忍耐過去便行啦。」

妻的話雖然是他的鼓勵，但石還是擔心會不會背著越滾越大的債過這一生呢？他同情寂寞的妻兒們，可是自己卻按捺不住，每個月總會有一兩次出到街路，打聽打聽竹紙與筍乾的行情。當然也有資金的周轉啦、季節的準備啦，他是沒法與妻兒們守在家裡的。

二

父親上街路去了以後，這山中獨屋更寂寞了，於是母親便安排在日暮以前用畢晚餐，然後母子三個人費九牛二虎之力把家畜們一一趕進巢窠裡。這也是孩子們最高興的一件事，所以做母親的就靠這工作來使孩子們樂樂。如果從園裡晚一點回來，以致天暗了以後才吃晚飯，那孩子們便寂寞得要哭起來了。每逢這樣的時候，做母親的便像在林子裡擁著雛鳥悲泣的杜鵑鳥，不覺悲從中來。如果能在入暮以前把牛和家畜全部張羅停當，那就會只剩下屋後的豬圈裡嗚嗚地響著鼻子翻找食槽裡的殘餌的聲音了。夕陽光從牆縫裡漏進來，寢室裡被照得通亮。

「可以省不少石油哩。」

做母親的把阿民和阿哲抱在兩邊，喜孜孜地這麼說。

「阿母，阿爸什麼時候回來？」阿民那空洞的眼光透過發黃的蚊帳，看著沒有天花板的屋頂問。

「明天一定會回來的。還會買好多好多阿民和阿哲最喜歡的糖果。可以給一點阿母吃嗎？」

阿哲馬上被騙過了，說：

「給，給好多好多，阿母最多，其次是我，最後才是阿民。」

「呀，阿哲，不能把阿兄叫阿民哩。」

被母親說了一句，阿哲就靜下來了，可是阿民不服氣，忽地起身，從母親面孔上頭伸過手打了一下阿哲的頭。阿哲不依了，大叫著爬起來，阿民便把棉被拉過來蓋住了頭。

「阿民不好，阿母打打他好了。」

母親裝出生氣的口吻緊緊抱住阿哲，從棉被上拍了幾下阿民的屁股。阿民好笑起來了。阿哲聽到阿民在被裡笑著，哭得更起勁了。

「阿哲壞，不給糖吃啦。」

阿哲聽了這話，發出屁股被針刺了一般的聲音哭起來。

「阿民，你還沒被打夠是不是？你這麼大了，還叫阿母為難。」

阿民在被窩裡轉了身子，從腳那邊伸出頭，吐了吐舌頭。阿哲咚咚地踢著床板，說要打阿民。

「阿哲乖，糖果不給阿民了，所以阿哲不要哭。阿母會告訴阿爸阿民壞的。」

阿哲總算聽話了，在嘴裡嘀咕著撒嬌起來。阿民在棉被裡又鑽過來了，壓住就要掉下去的枕頭，討好似地抱住了母親的膀子。

「不理你了。」

母親雖然這麼說，但她知道阿民的脾氣，所以把面孔轉過來，準備向阿民說故事。

「不，不，不讓阿民聽。」

阿哲又猛踢著腳哭起來。

「好吧好吧，不讓阿民聽，只讓阿哲聽好了。」

阿哲不響了。阿民卻又罵了一句傻瓜。於是阿哲便再向母親投訴：

「阿母，阿民又在罵我們啦。」

「傻瓜，誰罵你？人家是罵在對面山裡哭的小猴傻瓜哩。」

被阿民這麼一說，阿哲便又凝凝神，想聽山上的猴子的哭聲。但是猴子沒有哭。從牆縫透進來的夕陽，依然黃澄澄地亮著。

「沒有哭哩，阿母。」

阿哲拉了拉母親的手。

「傻瓜，在哭著哩，怎麼聽不見。聾子！」

阿哲又靜下來。這時母親狠地斥了一聲，於是阿民也不再響了。

「從前，有個孩子叫郭子儀，是個孝順的好孩子。」

母親斷斷續續地講起來，兩個小孩靜靜地聽著。四下漸漸地暗了，星星從牆縫窺望著。母親似乎很累了，故事有時斷了，被阿民催著才又開始。阿哲不知在什麼時候睡著了，好舒適似地打起輕輕的鼾聲來。

「阿哲真傻是不是，阿母。」

「阿民，你這麼大了，別再使阿母為難啦。聰明的人絕不會說人家傻。」

母親好睏了，說了這些就把棉被拉到脖子。

「好像又會有颱風了。聽，猴子們鬧得好厲害哩。」

阿民凝神細聽，想著颱風與猴子鬧聲到底有什麼關係。星星好像青蛙的眼睛般亮著。阿民突然不安起來，問了一聲阿母睡著了嗎？母親輕聲回答說還沒，正在聽著猴子的聲音。她說：好好聽一會，便知道颱風來不來。

「為什麼，阿母？」

「是猴子們在搶窠。因為空氣忽然冷下來，所以野獸都知道天氣的。」

真的，猴子們的叫聲與回聲一起搖撼著夜間，從牆縫鑽進來。一陣亂響過後，過了一會，像是母猴發生的粗嘎的聲音拖了個長長的尾巴，接著彷彿房子被拖進溪谷下去般地，有溪澗的水聲好像就在屋簷下響起來。連阿民都深深地蓋上被子，就要睡著了。這時，老鼠來啃柱子的聲音，聽起來就像是父親在鄰房打著好大的算盤，使他禁不住地希望明天快一點來到。阿爸力氣好大，只要他在家，整個家裡便充滿著阿爸的力氣，小偷也一點不可怕了。阿民每次暗下來以後都會說這種話，所以做母親的都得辛辛苦苦地找些話來說給他聽，等他入睡。丈夫在為事業與債務而焦急著，所以未便開口要求他早回，她也是有她的辛勞的。

有時接受孩子們的請求，從山後的部落請來朋友的阿婆，跟孩子們做伴。為了一個晚上的聊天，得提供晚餐與早餐，另外還得給二三十錢的酬勞，未免心痛，因此也不能常常請人家來。可是每三次總得有次聽從孩子們的要求，不然做母親的便得早早地上床哄小孩，實在也是叫人心煩的事。

三

朋友的阿婆住在爬過後山，過一座潮濕的沼澤上的橋，又再越過一座山，便在開滿山茶花的部落裡。這個部落以出產山茶油出名，差不多每家都種著山茶。老阿婆送山茶油給了母親，母親便拿了些錢給她，於是兩人便推拉了好一陣子。阿民說，阿婆，請您收下吧，這樣我阿母才舒服些。

「真是好聰明的乖孩子，那我就收下了，不過這錢我來買糖果給你好了。」

這樣的老阿婆，阿民當然特別喜歡了。另外，阿民也更喜歡與阿母、阿哲一塊到那個村子去玩。原來這位老阿婆跟他們祖父還是遠親，因此小孩們對她更感親切。從獨屋到這裡得走一個多鐘頭，這一個鐘頭路程在阿民來說，等於就是做一次遠足。不過母親如果不是有諸如去要些菜籽等事，便很少帶他們去，這就使阿民大惑不解了。難道來到這裡不算快樂嗎？阿民真不懂大人的心。那裡有不少婦人，租他們土地的人家也有一些，母子三個來到了，總會受到款待的，而且他走到那裡都有人叫他少爺，這也使阿民感到舒服。這個村子的人家，都在禾埕上種著橘子、文旦、柚子、佛手柑、山茶花、菊花等。阿哲總會伸出手來撫像乳房一般下垂的文旦，或者跳起來用頭碰碰，使阿婆她們笑得合不攏嘴。阿婆把下垂的面頰上的皺紋趕到嘴邊，細瞇著眼睛，叫他把最大最喜歡的摘下來，這時母親便會馬上說：還沒熟呢，不能摘，等熟了再來摘吧。但阿哲總捨不得縮回手，末了被母親睨視了一眼，這才不情願地跑到母親這邊，大聲地喊：回家啦、回家啦。不過母親倒好像馬上就把文旦的事忘了，談起別的事。來到這裡可以聽到鄰村的，或者街路上的一些消息，所以她們聊起來總沒個完。

回家多半是傍晚時分，因為是下坡，所以很快。阿哲抱著文旦，阿婆牽著孫女阿美的手從山茶花山下來。阿民一會在前一會在後，高興得像個小狗。來到沼澤地的橋，可看見鏡子般澄清的溪水裡，有小蟹子等待什麼似地待著，像片片紅葉。看到人影，很快地就躲到石頭下去了。阿婆的孫女從露出半隻頭的岩石底下，很巧妙地將蟹子抓住，這也使他們喜不自勝。紅蟹好像生氣了，嘴巴冒出水泡掙扎。阿哲也叫嚷著在淺灘裡追逐小蟹。屁股打濕了，母親把他的屁股拍拍地打，他起先還笑著，末了便哭出來了，結果教阿美也被阿婆罵了。阿民覺得不忍，便說阿哲本來就是愛哭的，於是阿哲在母親背上跳起來了，嚷著要下來打阿民。阿婆說是阿美不好，做了壞榜樣，才會使別人模仿，結果使得阿美也提不起勁來了。阿民覺得阿哲太可惡，心想：你下來吧，看我不把你打倒才怪哩。

太陽下去，天也快暗了。阿婆說：阿美，還不快走。不到半路就天黑了。

「阿婆，沒關係啦，人這麼多，沒啥可怕的。」

「是嗎？我是沒關係啦，不過妳還得煮晚飯哩。」

透過竹林映過來的夕照光越來越弱了，有些怕人，阿民再也不願管愛哭的阿哲，便牽起阿美的手跑起來。阿美馬上會意，拔起腿便也跑起來。阿哲把蟹扔在地上哭起來，聲音在後頭越來越遠，阿民樂開了，回過頭，向阿美說：

「妳跑得好快喲。」

「嗯。」

看到阿美點頭，阿民便裝出了賽跑的架勢，但馬上便給阿美趕過去了。回到家一看，豬圈裡的豬等不及主人回來，正在哭著。領先的阿美回過頭來笑了一下，阿民這才放下了心。阿民真不忍心看阿美那悄然的面孔。阿美走過屋前的埕子等著阿民。

「妳贏了，應該舉起雙手喊萬歲。我輸了。」

可是阿美沒有這種優越感的表示。阿民定定地看了一會阿美，看出她並沒有生氣的樣子，這才鬆了一口氣，看看屋子的周圍。好像沒有發生變故。從埕子上往下一看，剛好牛在下面的菜園裡嗚叫了一聲。阿民於是便笑著說牛沒有被偷走哩。

「我們好想去妳家的，可是又怕牛不見。我阿母說，萬一牛被偷走，便沒飯吃了。」

「我們去牽牛回來嗎？」

「妳會牽嗎？」

「真是，難道你不會嗎？」

「嗯，我會啊，可是我阿爸說太危險啦，不讓我牽。」

阿美笑起來，跑一般地下去了，阿民只好跟上。

「阿美！到哪裡去？」

阿婆從屋後的山上喊，阿民也拉直嗓子回答說要把牛牽回來。

「這孩子好倔強哩，像個男孩子。」

阿美好像沒有聽見阿婆的話。阿民與阿美終於把牛牽回來了。阿民覺得自己好像成了凱旋將軍似的。阿美熟練地握住繮繩，不知縛在牛欄的柱子上好還是廊子上好，但很快地就看出常被縛在廊子上的痕跡，便用力地把牛拖過去。

「我家的牛常常縛在這裡。」阿民說。

「我們是牛欄。你家牛欄還很新哪，是要做庫房的嗎？」

「大概是吧。」

阿哲在廚房門口往這邊看著，阿婆在灶前幫忙生火。從煙囪冒出了紫色的煙，灶口的火焰像是用舌頭舔著嘴巴。阿美把牛繩縛好在柱子上，取了一把牛草解鬆扔給牠。她跑到阿民身邊，把嘴壓在阿民耳朵上，細聲說你家阿哲好壞哦，阿民微微一笑點了點頭，阿民覺得阿美的心很能與他共鳴，好喜歡她了。阿哲看到兩人在耳語，便跑過來。好像希望他也能參加他們之中的樣子。

「阿美真乖巧，又聰明，我們阿民可不行啦。阿民哪，你可要好好向阿美姊學習才好呢。」

母親在廚房誇讚著阿美。阿美被稱作阿美姊，好像很不好意思地看著阿民。阿民問她幾歲了？

「七歲。」

阿美回答，聲音小得幾乎聽不見。

「對啦，去跟阿兄和阿姊玩。」

阿婆看到阿哲跑過去便這麼說。

「阿美，好好地跟阿哲玩哦。」

「……餵好雞，把牠們趕進塒裡去吧。」

阿民幾乎喊阿美姊的，可是看看阿美的臉便叫不出來了。鵝伸長著脖子叫著。

「這兩隻也一塊趕進去吧。」

阿哲聽到了，便跑過去，吃力地把雞食提過來。阿美奔到廚房，抱來了鵝仔菜。阿民查看雞塒的門和鵝的窠。

「阿美姊！」

阿民不自覺地叫出來了，阿哲交互地看看阿民和阿美。阿民靦腆地推開阿哲，猛趕了一陣鵝。

「阿哲，這個你拿著。」

阿美撿了一根木棒交給阿哲。阿哲也開始叫阿美姊了。前埕上，一時鵝叫、雞叫與喊姊的聲音響成一片。灶口的火光把阿婆那滿布皺紋的臉映得通紅。這時，從山後那邊傳來了火車的汽笛聲。阿民指著對面山上低低地拂過去的火煙說：那是回去阿里山的火車啦。

四

點了燈盞後才吃飯，吃起來好像特別好吃。母親不住地勸阿婆挾菜，餐桌上好像來得格外熱鬧。

「房子只有一家，是有一點寂寞啦，可是全是自己的土地，所以心裡也踏實些，是不是？我想，不久這裡也會熱鬧起來的。」

阿婆邊吃邊用鼻音說。

「真希望這樣。」

「一定的，一定會的。從前，是我二十幾歲的時候啦，有三十年了呢。那時，這裡好熱鬧。對面山上有梨仔園，也有茶園，加上做筍乾的，每天都有二三十個人來來去去的。好像就是從妳公公的時候才開始人漸漸少啦。都是因為有五兄弟啦，妳公公又是最小的，老三當生蕃的通事，好像比現在在嘉義的劉闊先生照顧了更多的生蕃。不過啊，是命吧，都是老好人，所以到有諒手上的時候，財產差不多沒剩多少了。不過也還有這一大片，也算很不錯了不是嗎？」

「嗯，可是要讓土地有出息，還是須要錢哩。」

阿婆與母親交談著這一類話，阿民與阿哲早就想到床上去玩了。在鑽進棉被裡以前，床上可以大玩特玩。角角力啦，翻翻觔斗啦。大家都已經洗過了腳，阿民便吵著要母親點寢室的燈。可是阿美因為是女孩，所以被阿婆拖過去，在廚房裡洗屁股。阿民和阿哲上了床，馬上開始角力，弄得床板咚咚地響。阿哲還蠻有力氣哩。不久，阿婆、母親和阿美也進來了，寢室裡熱鬧起來，因為小孩子們害怕，所以阿哲、阿民、阿美三人睡在中間。阿哲不能離開母親，所以阿民跟阿美靠在一塊睡。阿美的髮辮發出山茶花的香味，使阿民胸口奇異地動盪起來。有一次街路上拜拜，阿民也和一位遠親女孩一起睡過。他覺得女孩子都有這種香味。小孩子們把雙手露在棉被外，聽大人們的交談。牆縫裡，星星仍在晶晶閃亮。再過兩天便是舊曆十一月一日了，是冬節，家家戶戶都得搓圓仔。母親與阿婆在聊著這一類事。不用說，母親也早就準備好糯米了。夜裡起來煮圓仔吃，那真是件賞心的樂事。甚至連天上的星星也都快活起來了，看來特別地明亮。可是自從來到山裡以後，忽然就沒意思了。夜裡起來，黑黝黝的林子總是那麼駭人。如果父親回來，阿婆她們也剛好來，那就有趣了，可是這恐怕不太可能。阿美鑽進被窩裡以後忽然不響了。從夜闇裡傳來的「苦雞母」〔杜鵑鳥〕鳴聲，好像變得尖銳了，連阿婆都禁不住地說：在這樣的地方過夜，真是好寂寞啊。

「村子裡也許屋子多，苦雞母的聲音聽來不會這麼近。」

「是啊。那種聲音，大人聽來也怪寂寞的。住在這樣的深山，又沒有親戚……」

母親也好像在想著住在街路時的往事。這種苦雞母整晚咕咕咕地叫個沒完。是杜鵑的一種，山裡的人都叫苦雞母，意思就是自個兒在痛苦的母雞。母親常說，這種鳥和她很相像。

「聽說那鳥是張天師的孫子再世的？」

阿婆問母親。

「我也聽說過了，可不曉得是真還是假。」

張天師就是鬼王。一天，有個老公公牽著孫子的手在野地裡散步。他們偶然來到石門。老公公好奇地往裡頭窺望了一眼。就在這時，石門關上了。老公公唸道：「石門開，

石門開，天下貴人來」，門又開了。老公公便吩咐孫子在外面看著牛等，公公要進去瞧瞧，如果有趣，他會來帶他進去，於是孫子便在外看牛。老公公覺得，萬一有危險，那麼孫子在外面也是很安全的，所以他一個人進去。不料進去一看，那裡真像宮殿。然而，當老公公進去了以後，石門馬上就關上了，孫子怎麼等也不見公公出來。他學著公公的樣子唸，石門還是不開，只好阿公阿公地叫下去，終於他累了，開始叫公公。最後他吐出血來，還公公，公公地叫著死了。故事裡說，這孩子再世變成杜鵑，仍然不停地叫公公。那個老人變成張天師，所以杜鵑便是張天師的孫子了。阿婆和母親聊著的當兒，阿民不知不覺地便睡著了。

醒來時，灶孔裡小樹枝發著畢畢剝剝的聲音燃燒著。朝陽照耀著東方的連山，草木都給露水洗過一次臉似的。阿美先起來，掠著頭髮想下床。阿民慌忙地下來，在那裡的尿桶小便，阿美畏羞地跑出去，好像要到屋後去解手。阿哲也醒過來了，阿母阿母地叫。阿哲還很會撒嬌，非母親來抱他便不肯下床。

牛滿有朝氣地從鼻子冒出白氣，開始在反芻了。

「這裡好冷是不是？」

母親這麼問，阿婆回答說差不多啦。這是個快樂的早晨。鵝和雞從塒裡出來，向前伸長脖子，多麼快活似地東跑西竄著。母親從廚房裡拿出用蕃薯做的雞食，倒在埕子上的餌槽裡。阿美趕快取了一把牛草給牛。這一天，牛草就沒有了，阿美說她一個人也可以刈夠牛草。

「阿美，來洗臉啊。」

母親在廚房裡叫。

「阿美不必急哩。」

阿婆說，但母親還是在面盆裡舀了水給阿美。她用食指擦了擦嘴，細心地洗了臉。連阿哲也多麼稀奇似地看著阿美洗臉的樣子。

「阿美，不用那樣擦啦，快洗吧。這孩子，真比大人還愛美哩。」

阿婆這樣向母親說，不過這好像是阿婆的口頭禪了，阿美一點也不在乎的樣子。阿民覺得她好叫人喜歡。

「這不算愛美啦。阿美，妳只管慢洗。阿哲和阿民都不喜歡洗臉，妳就做做榜樣給他們瞧瞧吧。小黑炭，看看誰願意嫁給他們。」

阿美畏羞地露齒一笑，阿民也覺得靦腆了。母親為啥總要叫人下不了臺呢？阿哲倒說他也要洗了。阿美趕快倒掉面盆的水，阿哲捧起了它，說要去舀水就跑過去了。這麼勢利眼的弟弟，使阿民深感恥上加恥，覺得自己非到廚房後面偷偷地洗臉不可。母親擺好了餐桌，叫阿婆快些就座。阿美第一次大叫一聲阿民，這使阿民大喜過望地從廚房裡走出來。當四個人坐好時，對面山巒上的園裡受著朝陽，連蕃薯的花都點點發白，可以看得一清二楚。由於下去下游的猴仔們在那兒的園裡偷蕃薯當早餐，所以對面山後村子裡的農人出來了，拉直嗓門喂喂地大吼著，把猴仔們趕走。

「那邊山園也好像遭殃啦。」

「是啊。阿民他阿爸也說，非買來抓猴仔的鋏仔不可了，不然出竹筍時會給弄得一塌糊塗。猴仔的洞附近多半是麻竹，可是再上去就是桂竹了。那些猴仔，跟人一樣，筍種有丈多高了，還要從下面抓著搖撼，筍尾就斷了。」

「真氣人，真可惡。我家的園裡也被糟蹋過一次。那些猴仔挖蕃薯時總會有一隻把風，人影一出現，一聲吼叫，就全都跑了。」

阿婆和母親說著這些，又談起那兒的土地肥啦等等。聽她們的話，阿婆好像決定吃過午飯才走了。阿婆還表示要幫母親到蕃薯園去除草。阿民要母親請阿婆再住一晚，可是阿婆自己家也忙著，加上父親今天可能回來，所以母親說下次再去阿婆家請她們來，阿民只好死心了。

這些都不打緊，糟的是阿美，她剛來時還好，可是到了第二天傍晚，好像想家起來了，一直吵著要回家，纏住阿婆不放，還淚流滿面，連母親都沒法哄她了。因此，母親也覺得煩了，打算讓她跟阿婆一塊回去。阿美的母親死了，繼母還很疼她。儘管如此，阿美還是有點任性，臉是胡桃形，眼睛好大，看來好伶俐，高興時做事很勤快，還有點得意洋洋的。

「阿民，你這麼喜歡阿美，那就讓她嫁給你做牽手吧。」

阿婆的話使得阿民尷尬極了。看看母親，不料母親竟滿口說好，還表示阿美一定討厭阿民吧。阿美畏羞得眼淚都流出來了。母親很快地就發覺到，便趕快把話題岔開。從對面的山又傳來農人趕猴仔的喊叫。阿婆吃完了飯，拿起碗筷就進廚房裡去了。母親阻止她說：

「放著吧，阿婆，我會洗的。我差不多是妳的女兒的年紀哩。」

「我也得活動活動筋骨哩。我可不是富貴得吃飽飯可以把碗筷一放就算了。」

母親也拿起自己用過的碗筷進廚房去。阿美跟上，阿民也急忙從凳上下來，連阿哲都一面嚼著飯一面跑進廚房。鵝好像也吃飽了，在埕子上嘎嘎地叫著。

母親與阿婆戴上了頭巾，腰邊繫了刀架，拿起鐮刀往腰後刀架上一插，從埕子下去，並回頭向阿民他們說：

「要乖乖地跟阿美玩哦。」

「阿嬸，我可以去刈牛草嗎？」

「好哇。可是，妳真會嗎？」

「會啊。」

阿婆替她答。

「阿美，妳不要把阿民阿哲他們帶到草叢裡，太危險啦。」

「對，不要去草叢裡刈，路邊就有好多草啦。」

母親說著便與阿婆一起下去了。阿美與阿民從寢室牆上的刀架取下合適的鐮刀，三個人便一起從側門出去，沿竹林裡的小徑下去。可是阿哲在竹林口叫著說有一顆紅柿子，怎麼也不肯下去。阿美撿了嫩草刈起來。很快地就刈了一束，可是阿哲抬高頭看著那棵柿子樹，吵著要阿美姊幫他把柿子摘下來。

「怎麼摘得到呢？不管他！」

阿民說。那柿子樹，大得連大人也都非要爬上去不可，光用竹竿是摘不到的。阿民和阿哲不得不死心了，可是阿哲不依，阿民只好叫住阿美。阿美回到坡上一看，真的有幾粒紅柿子花朵一般地遮在葉子裡，於是她也想摘了。她用竹竿做成了一個叉試試，可是竹竿太重，竿頭晃呀晃的，就是叉不到。這棵柿子樹常有種種鳥聚過來。有紅的，也有藍的。紅的有黑嘴，藍的嘴卻又是紅的。這種紅嘴黑鳥，還有鶺鴒啦、鶯啦、黃鶯啦、山鳩啦，都會過來。山鳩咕咕地叫，很會撩人鄉愁。三個人蹣跚著步子扛著竹竿叉柿子，就是叉到了，柿子也給戳爛了，根本沒法吃。三個人弄出了一身汗，饞涎欲滴，只有眼巴巴地抬頭望柿子的份。最後脖子都疼痛了，頭都差不多抬不起來了，阿美這才又想到新式家家酒的玩意。這就是搬來泥塊築小祠堂的玩兒。小祠堂築好後，撿些小樹枝來燒，把小祠堂燒成通紅，然後拋進蕃薯，把小祠堂搗毀。等上一個鐘頭不到，蕃薯便可以烤熟，成為最好吃的點心。阿民和阿哲在阿美的指揮下，搬泥塊啦，撿枯樹枝啦，忙得不亦悅乎。小樹枝燃燒起來了，畢畢拍拍地響。阿民送火柴回廚房，看到煙囱管邊放著魷魚，問阿美可不可以烤來吃，阿美把他訓了一頓才作罷。阿哲紅著整個臉撿樹枝。搗小祠堂時，阿美取來了每人兩隻的蕃薯拋進去。在上面再蓋上一些泥土，便成了一座小山了，阿美在小山上插了一根鼠尾草葉子。

「這葉子有點枯萎了，便可以挖蕃薯。」

連阿美蒼白的臉，都好像擦胭脂般紅起來。三個人說蕃薯鬼要來了，快逃吧，便又跑到竹林裡的下坡路，開始刈牛草，不久，他們把蕃薯挖出，剝開皮，甜得像糖，好吃極了。

母親與阿婆中午前回來，忙著準備午飯，阿美他們倒一點也不喊餓。豬們呼嚕呼嚕地鬧著，使他們覺得好可笑。然而，想到午飯後阿婆和阿美就要回去，寂寞感便湧上來了。阿婆飯後拍了拍頭髮與衣服，也替阿美拂拂身子，準備要回家了。母親收拾好，拿二三十錢塞進阿美的口袋裡，說是要給她買糖果吃的，於是推來推去的，足足折騰了二十分鐘之久。

「受妳照顧了，又吃了飯，還能拿錢嗎？這不成哪。」

「別這麼說了吧。說錢倒好聽，其實只是騙騙小孩，妳就收下吧。」

阿民和阿哲悵然地看著大人們在推三拖四。埕子裡，曬衣竿的影子畫著一條直線。

阿美抓著阿婆的衫裾。

「阿美姊，再來喔。」

阿美聽了阿民這話，頭猛地一點。阿哲也學著說了一句，阿美默默地看著兄弟倆的面孔。阿民好寂寞，恨不得跟她們去。

「阿婆，再來喔。」

阿民拉了拉阿婆的手。

「阿民，阿哲，你們也來我家玩。」

「好的。阿母會帶你們去，還要在阿婆家住哩。」

「真的，阿母？」

「當然是真的。」

「可要真的和阿母一起來呢，阿民和阿哲都真乖，阿美喲，還不向阿嬸說請妳來玩？」

阿美羞怯地躲進阿婆背後去了。她好像不喜歡說這種客套話。

「阿美也要和阿婆一起再來喔。我們等著。」

阿美被阿婆牽著手，爬上後山去了。她們在竹林裡不見了以後，阿民還在喊再來喔，回聲遠遠地響起來。阿婆也回答說會的，還會再來呢。接著，叫阿民他們的聲音傳來了，在這獨屋的埕子上，回聲久久地呼應著。

五

以為父親傍晚時分會回來，結果還是沒有回來，於是獨屋裡的母子們便當頭給淋了涼水般地感到無助了。入晚後一如往常母子三個一起上了床，不料阿民竟哭起來了。紅紅的夕陽下沉的時候，對面山園上又有農人趕猴仔們的喊聲，與回聲一塊傳過來。人因為寂寞而早上床，這自然是不錯的，但家畜們那麼早就被趕入巢，對牠們可不是件好過的事。直到雞們在塒裡咕咕咕地發出安靜下來的鳴聲以前，阿民寂寞得心都似乎要溶化了。當雞咕咕咕地叫著使小雞安歇的時候，夕闇也來了，同時彎月也出來了。

「明天一定會回來的。還會買回冬節拜天公用的東西，讓阿民和阿哲高興的。我們實在不用讓人家住下來，把阿爸的禮物也分給人家。而且阿美愛哭，阿爸一定會不高興的。」

聽到阿美會使阿爸不高興，阿民更心焦了。還好阿哲被母親一哄，比阿民更乖了，整晚都靜靜的。阿哲有沒有伴都一樣，這又使阿民覺得阿哲真是個傻瓜。希望早一點天亮了，想著想著，雞們忽地又吵起來，於是他醒過來了。朝晨的陽光照得牆壁幾乎透明，可以看見外面的林子，側過頭一看，母親已經不在，凝神聽聽，好像在廚房裡準備早餐。豬們呼嚕呼嚕吃東西的聲音也傳來了。

「阿母！」

阿民叫了一聲，阿哲醒過來了，也叫阿母。

母親進來，讓阿民和阿哲穿上夾衣，把阿哲抱下床。阿哲赤著腳就想跑去。母親取出了稻草鞋子，告訴他早上比較冷，要穿上這個。家畜們都快活地在埕子上享受著陽光。牛好像抽煙一般地從鼻子噴著氣。往下看梯形園，園邊一棵老山梨樹枯死了般地，在陽光下把小樹枝伸向天空。

「今天阿爸一定會回來的。」

母親說著在面盆上倒了水，要阿民洗臉。從對面山園又有趕猴仔的喊聲傳來了，阿民便圈起手舉到嘴上喔喔！大喊一聲。不料對方有認識阿民的，「阿民喔！」這麼喊過來了，阿民總算恢復了朝氣了。

「是有鄰兄吧。」

母親說著從廚房出來。那兒是名叫有鄰的一位貧窮農人所耕的園地。園下的竹林也是阿民家的。有鄰為了做籬笆，偶爾會來這獨屋要竹子。所穿的衣服打滿補綻，看來好可憐。他的妻子和孩子，也都像是一堆會走路的破爛布。一呼一應的聲音繼續了好一會，母親便不耐煩起來，告訴阿民說：夠了，有鄰兄好可憐哩，他在餓著肚子，你想送飯去給他吃嗎？阿民這才停止叫喊，趕快洗臉。

「今天，如果你們乖乖地幫阿母在蕃薯園裡拔草，那麼阿母就給你們每個入賞五錢，放進撲滿裡。」

聽母親這麼說，阿哲馬上就歡呼起來。阿民當然也覺得非聽話不可了，飯後只得準備去園裡。所謂的準備，也不過是取下有護耳的帽子改戴笠仔，此外就是由母親替他們穿上「足袋」（一種日式布鞋）。以前，他們都是打赤腳的，自從不久前父親做了一場夢，認為不應該讓孩子打著赤腳出去，便買回來孩童穿的「足袋」。在這場夢裡，孩子的腳被一條小蛇咬到了。於是在這山地一帶地區，阿民與阿哲兄弟倆首創了小孩穿足袋的例子。

以為父親非到傍晚時分不會回來的，不料中午稍過，從屋子右後方的山上傳來了「阿民！」「阿哲！」的喊叫與回聲，兩個小孩便扔下碗筷衝到埕子上，齊聲大叫阿爸！

便有父親的「來啦！」從竹林裡響過來。

「阿爸！」

「來啦！」

聲音近了，兩人跑下坡路迎過去。

「阿爸！」

「來啦！要來了一隻小狗哦！」

父親的聲音更近了。兄弟倆便渡過澤地，跑向上坡路。母親也出到埕子上，目送著在林子裡疾跑而去的兩個小孩。雙方的喊聲正在接近，使她胸口熱昂昂的。小狗的吠聲也夾在孩子們叫喊的嗓音中，母親這才慌忙地回到廚房，沏沏茶什麼的，準備迎接父親的回到。

孩子們把父親圍在中心，從埕子的入口進來。打著綁腿，穿上足袋，頭上是一頂笠仔，看去好像比上街路時更年輕些，這是因為上了理髮店的緣故，山中的粗漢般的父親忽然變得時髦了，小孩們從左右纏住了他。網袋裡裝著滿滿的「等路」哩！手上提著的籠裡，小狗正在咿咿嗚嗚叫著。父親準備先把小狗放出來，可是母親趕快把茶提出來說在放以前應該先拜神壇與灶君爺。雪白的小狗好像俘虜，乖乖地讓母親抱著，被抓住前腳拜了拜神，接著又被抱到廚房，向灶君爺拜拜。母親一面讓牠拜一面叨唸保佑牠乖乖地聽話。每次拜的時候，後腳便在空中擺盪，小孩子們開心地笑了。拜完，母親又抱到埕子一角，扯下一枝小竹枝，裝著替牠揩屁股的樣子，叨唸：以後就在這裡大便啦。小狗這才被放在廊子上，於是兄弟倆便又盛飯啦，拌魚湯啦，忙得好不起勁。

六

父親在回來的第二天，阿壽從村子裡扛來一把比捕鼠器大上幾十倍的鐵鋏子。父親說，這個農閒期，他每天要做狐狸、猴子、山雞、山豬等的陷阱。阿壽好像已經抓著了好多野獸似地，拚命誇讚那些大小的鋏子。父親還為阿民買回了好靴子，以後可以伴著父親上山了。這使阿民欣喜如狂。明年還要請個年輕人看牛，這消息連阿哲都鼓掌表示歡迎了，因為一家會更熱鬧些。接著，父親又請阿壽在埕子邊造了曬筍乾的架子，還要阿壽幫父親請一個竹匠做放在筍架上的長方形竹笪。阿壽喝過了茶，從父親接過五十錢，便口口聲聲讚揚小狗回去了。阿民好高興聽了這種讚揚，想到將來小狗長大了，陪著他和父親到山野裡去奔跑的模樣，他樂得禁不住連連地親小狗。

父親到森林裡去設陷阱時的裝束與上街路時差不多，不過阿民可大不相同了，穿上襪子，把褲管塞進襪子裡，再穿足袋，那樣子好帥，使阿民覺得意極了。為了防蚊蚋，戴上護耳，站在正在設陷阱的父親旁邊，揮舞著小樹枝來替父親及自己驅趕蚊蚋，這就是阿民的工作。如果沒有阿民，那麼父親便得自己邊驅蚊蚋邊工作，太麻煩了，這也是母親同意讓阿民上山的原因。阿民覺得自己長大了。路上逢到危險的澤橋或深谷，父親便背他。陷阱設好，第二天早上去巡看，這是最大的樂趣，阿民常為此心口篤篤地跳，父親也滿臉浮著笑，牽著阿民的手，在沒有路的森林裡攀援而上。尤其抓到了狐狸一類的動物，四下比用鎌刀刈過還要乾淨，連阿民都可以想像到狐狸掙扎的情形。看到人影，狐狸就會猛撲過來，可是腿被夾住，只得掙扎著想竄進草叢裡去。怎麼樣才能把牠綁起來呢？父親想了想，結果是砍下了有叉的堅硬樹枝，先將牠的脖子叉住，然後才用粗繩綑起來。阿民哪，你站開一點，好危險哩。勇敢的父親每次要叉獵物的脖子時總這麼提醒阿民。阿民就在一旁屏住氣息看父親。陰濕的林子裡空氣冷峭，溪流的嘩嘩聲清楚可聞。在林子的陰暗裡，父親的臉緊繃著，父親用那枝樹枝挑起獵物，又牽起阿民的手去看別的陷阱。沒有一個早上落空的，因此餐桌上每天都好豐富。每次看到山雞中了麻繩做的圈套時，阿民都覺得好可憐。牠吊在竿子上，人走近便飛縱起來，阿民這才破顏笑出來。

「阿爸，山雞抓回去養養吧。」

「這麼大啦，養了也不會乖的，不是瘦了，便死掉，還是吃掉好。山雞汁和狐狸，味道特別好哩。」

「多可惜。」

「如果抓到小山雞，便可以養啦。」

不記得是那一次，抓著了猴仔，這是最有趣的一次了。有一隻猴仔給抓住，其餘的猴仔們便大鬧特鬧起來，整個林子都沸騰起來一般。如果附近另外還有別的陷阱，便也多半會有收穫，這是因為別的猴仔想來救中了圈套的。剛好那一次只有一所陷阱，猴仔們便遠遠地包圍住那隻陷阱吵鬧個沒完。父親也緊張起來了，甚至還讓阿民也拿了一根棍子。可是當阿民和父親走近時，別的猴仔都逃開了。綁猴仔又是件麻煩事，父親一面綑牠一面說明。綁猴仔比綁人還不容易哩。光是把雙手雙腿反剪還不夠，一定要把右手和左腳綑在背上才行。雙手雙腳綑好了，還有嘴巴。這張嘴巴咬起人來頂厲害的，得先讓牠啣上木頭，然後再把嘴巴緊緊縛起來。為了這一隻猴仔折騰了半天，別的陷阱已沒有時間去看了，得先回去吃過早餐再出來看。阿民與父親像凱旋將軍般得意洋洋地回來。在家裡，阿哲和小狗也在歡迎著了，這使父親好高興。

巡看陷阱回程，還得順便刈牛草回來，所以很是忙碌。其實設陷阱說起來還是空閒時的副業，獵獲物多時，有時還會讓山貓死在陷阱裡腐爛掉。

春天快到了，山梨的小枝頭長出了新芽苞。父親為了過年的準備，偶爾又得上街路去。於是，阿婆又給請來了。有時還從山茶花的部落叫來女孩，幫忙舂米，這深山獨屋便又突然有活力起來。

過年時，他們決定請一名看牛的年輕人。為了得事先準備好這傭人的房間，母親把庫房隔壁的房間細心地打掃乾淨。大除夕快到了，父親為了新年的新計畫，每天都待在家裡，在新的薄冊上寫寫年月日，還聽從母親的話，在門口貼了門聯，從大廳到廚房也都貼上了「福」字和「春」字。連竹製的門扇上也貼上了門神的紅紙。因此這深山獨屋忽然間新春就來到了，家裡似乎也熱鬧了許多。依照古俗，從大除夕到正月十五日須要「呈燈」，每夜每個房間都要點燈。紅紙反照了燈光，屋子裡更熱鬧了。燈也就是丁，點燈也就是添丁之意。過年的時候，裝飾屋裡，人也穿上新衣，這當然是賞心樂事，但大魚大肉倒不算稀奇了，這是因為向來獵獲物多的緣故。然而，即使穿上新衣也沒有人欣賞，這就沒意思了。大除夕拜過神，第二天便是元旦。元旦是到了，卻不太有新年的氣氛。倒是在等新年的時候更像新年。園裡菜花開了，父親也穿上新衣，站在埕子的石板上往下面眺望著，悠閒地吸著煙向母親說：那一塊園很可以闢成水田哩。也是為了過新年，牛不再放，仍然繫在廊子讓牠吃牛草。母親為了打發無聊的時間，剝下糊在門板上的圓仔，烤烤，用來卜卦嬸嬸的喜事。這使父親都覺得有趣了。希望有人來玩，卻誰也沒有來。山裡的風景依舊闃靜，除了大自然的胎動與季節的表情外，什麼也沒有。只有猴仔們照樣朝夕一下一上。對面山園的蕃薯好像都挖掉了，園土在朝陽下看來益發生機盎然。還可看到在園裡，有些猴仔們在撿蕃薯。

「爸，猴仔也有過年嗎？」

阿民問父親，父親回答說大概有吧。

「再沒有人會趕，也不會有人設陷阱，過年在猴仔也是好高興的日子呢。」

母親為阿嬸烤的圓仔起泡泡了，母親便說，這次阿嬸一定會生個小弟。下次到村子裡，一定要告訴阿嬸這個好消息。她是父親的弟媳，他們對父親不太有幫助，所以父親對弟弟幾乎是冷淡的。他做事不夠機伶，生來就是個待在村子裡的人物。如果他能來父親的工廠當個監工什麼的，父親不曉得會多高興，但他就是不可靠，所以父親就懶得去管他。起風了，屋後的柿子樹沙沙有聲。午後冷起來了，父親焚了火堆，一面烤火一面說來做個捕鼠機吧。這話使阿民他們樂開了。用竹筒做成的捕鼠機，在他們來說是最恰當的玩具。光是想到老鼠把脖子伸進竹筒裡給套住的樣子，便使人感到好玩。從元旦到大年初三，搓搓繩子啦，削削竹片做彈簧啦，總共做成了將近二十副，阿民和阿哲樂得什麼似的。每人可得五副，阿民拿到了自己的，馬上在其中兩副裝上生蕃薯的切片，拿到庫房角落去放。初三午後，父親雇的年輕人阿堅仔來到。本來是說好初六來就可以的，他早來了，使父親好高興。因為他不是零工，是長年，所以越早來越好。母親馬上為阿堅仔煎了甜粿和鹹粿給他吃。他提起牛的鼻圈，查查牛下巴。據說每隻牛下巴都有四五根硬鬚。如果只有一根，那這隻就是牛王了。阿民聽過關於狗的，卻從未聽過牛的，所以熱心地看守阿堅仔那熟練的手。他還蹲下身子，將盯在牛股間的一隻牛虻抓住。

「這傢伙會吸牛血哩。」

他用腳來踩它，紫黑色的血滲在地面。阿民原本以為既然是年輕人，必定可以做他的好哥哥的，不料看著阿堅仔的臉，總覺得不太對勁，好像有點傻呼呼的。阿民好失望，但也被促發了好奇心，便拿了好些話來問。果然答話都牛頭不對馬嘴，阿民很快地就明白過來怎樣使喚阿堅仔了。一定只是為了使喚才請的，看著他那只會聽話不會思慮的面孔，阿民有點同情了。不管草叢裡有沒有蛇，有沒有刺，阿堅仔都毫無畏懼地竄進去。阿民看到他這種情形，不由地想：工廠裡，這樣的人物還是需要的吧。

從埕子往下面看去，園邊的那棵山梨樹好像噴灑了一樹的霜，是開始開白花了。竹林裡發黃的竹葉，也在這幾天來的風裡全給掃光，山好像禿了。石有諒看到這山梨花，好像被什麼催著般地焦灼起來，心胸裡淒淒然的，工廠裡的工作便浮上腦際了。聽說那棵山梨是祖父種的。懷舊的情愫與現實的生活一齊湧上心頭，令人寂寞。洗竹子該請多少個工人呢，或者自己來呢？這就是把去年夏間浸在池裡的嫩竹取出，洗淨石灰的活兒。這種工作，由於手腳的皮膚受到石灰水的浸蝕，夜裡會針刺般地疼起來。因此，工作前後都得焚燒樟腦樹來烤手和腳。工作是挺粗的，工資也最貴。帶著妻子和孩子們到長方形石板池去看看，黝黑的石灰水滿滿的，嫩竹也軟得很順利的樣子，這倒令人放心不少。這工作不但用人量非常可觀，擔的風險也不小。萬一池子漏水，或者石灰不夠，竹子就不會變軟。再添石灰吧，無奈時令飛速移轉，後面的工作又得著手了。也是為了這緣故，工作還沒開始的當兒，石有諒便在池畔焚焚香，拜土地公，請求庇護。幸虧情況不惡，石便四下眺眺澄碧的遠山，瞇起眼，手舉到眉上瞧瞧今年的氣候推移的模樣，也瞧瞧長在竹林裡的一棵巨樹。阿民也想起把青青的柿子浸在池裡的竹把間，不消兩三天澀味便去掉，可口極了。浸竹前，由於為了試試漏水情形，在池裡放滿水，因此這附近的青蛙鳴叫聲，每晚都比狂風驟雨聲還要大。有呱呱聲，有嘎嘎聲，或高或低，簡直如跑馬場的女人們打起了群架一般。不過如果是在午間來看看，卻靜得只有幾隻青蛙翻起白白的肚子死在那兒罷了。由於附近到處都有石灰溢出來，所以這裡特別明亮清潔。不久，造曬筍乾的竹笪的竹篾匠也來了，便讓阿堅仔與老工人打掃石板牆工廠，並讓他們在那裡歇宿，只有吃飯時才來屋裡。埕子邊的柑子樹萌出了新芽，從山茶花的村子，每天有叫阿蘭的大約二十歲的女孩與她妹妹一起來，幫忙舂米及掘蕃薯的工作。

七

舊曆二月份前後，洗竹的工作告終，三月初三的清明節一過，製造竹紙的工廠便要動工，石有諒已準備好了一切，只待開工。將近二十個人的伙食，煮起來夠麻煩的，所以決定在工廠裡開灶。阿堅仔吃住也轉過去，另外幫忙家事的是有個跟阿民同樣大小的小孩的寡婦，以及今年三十歲的離婚婦人，她們都來到家裡這邊住，好像做拜拜似地熱鬧起來了。石因為無法樣樣自己來，便把工廠的事包給人家做，所以雖然還不算閒暇，卻也不必費那麼多的神了。但他還得天天去察看紙質，行情方面也得留心，另外就是屋子左邊的空地上須再蓋一幢竹屋。為了怕筍乾季開始了以後人手不足，因而計畫在工廠動工以前把竹屋蓋好。帶孩子的阿元嬸幫忙母親，離過婚的順孝嬸則在工廠工作。洗竹的時候，石自己也參加工作，如今他的雙手都好粗糙好粗糙了，從皮膚破裂的地方，有時會滲出血來。順孝嬸是個烈性的婦人，但是她那雙眼光，有時會使人覺得她是個色情狂，叫人討厭。當你看到她那有油光的凸出的額頭，便會禁不住地想：也不照照鏡子，怎能裝出那種眼神呢？可是來到這深山做工的女人畢竟不多，是沒法過分吹求的。石就向妻子說，這也是不得已啊。終於開工了，竹屋的工事也開展，驅牛碾竹的吆喝聲與人聲響成一片。阿元嬸的孩子胖嘟嘟的，動作遲緩，常遭阿民取笑。這些日子以來，竹子做的捕鼠器收穫好，連阿哲的都常常抓著，所以兩人都熱中起來。阿元嬸的孩子阿猷也加進來。這孩子設圈套、找老鼠路，倒真有一手，比阿民他們還高明，所以兄弟倆都開始跟在阿猷屁股後出去園裡了。

「家裡的老鼠才沒意思哩，去抓園裡的吧。」

「好哇。」

阿民同意了。阿哲有點莫名其妙，但倒也跟在兩人後面跑出來。看到孩子們下去園裡，狗搶先跑去了。這個獨屋就這樣有聲有色起來了。尤其色情狂的順孝嬸被稱作工廠的消氣丸，這是說她成了大家尋開心的目標。

「阿嬸，不啦，阿姊，以後天氣熱起來還好，冷天裡一個人睡，不太好過吧。」

「你這夭壽仔，我和年輕姑娘一樣哩，才不會胡思亂想啦。」

整個工廠都笑起來了。另一個好事的人也湊上來說年輕姑娘哩，那是說在室女嗎？

「夭壽喔，討厭死了。不和你們說話啦。」

石來到工廠，偶爾也會碰上這種場面，覺得好噁心，便趕緊上到池子上，在心裡盤算諸如用了多少竹子造出了多少紙啦，還有多少竹子，可造多少紙啦一類的問題。

山梨花謝了，葉子也綠了，不知不覺間泛黃的山已變成青翠，樹上的新芽有紅有綠，連柑子也結出了青青硬硬的果子。桂竹林裡，鹿角樣的筍仔戳破了大地，一齊冒出來。

筍乾的工作也差不多得開始了，石的弟弟夫婦倆也每天從村子裡趕來工作。石帶著弟弟走遍了竹林，給要留下來做種的竹筍做了記號。看到竹子疏的地方，便撿起掉在根部的筍殼，在筍的週邊打結做為記號。麻竹筍也開始出了，所以筍乾工廠也開工了。為了把產品搬到R鎮的特約商店日昌號，每天都有做零工的工人從村子裡來到。從獨屋經村子到街路的路上行人多起來，食物也豐富了。兩處工廠都開始動工以後，每逢初一十五都要拜土地公，阿民他們也就每月可以吃到兩次炒米粉或炒麵，真是大快朵頤。孩子們過得心滿意足。有時帶著狗到園裡去活捉老鼠，有時也去抓茶色的美麗筍蟲玩。這筍蟲有比《一千零一夜》裡的騎士更勇武的外表，卻不能咬人，所以是孩子們玩樂的恩物。埕子的筍架上晾著滿滿的煮過的竹筍，孩子們躲到下面去玩。來自村子裡的切筍女工有帶孩子來的，因此這深山獨屋每天居然有四五個孩童一起玩，後山的麻竹林有山豬出沒了，決定用老虎鋏子來設陷阱。連孩子們都覺得這是件令人期待的趣事。如果抓到了山豬，那就得好好地拜一次土地公了。在他們來說，這又是大吃一頓的好機會，所以經常都留心著聽工人們的交談，可是都落空了。想來是一讓山豬給察覺到了，改了路線吧。

天氣熱起來，中元也快到了。這山地雨多，挖筍工人每天都淋雨。西北雨一來，收筍就像搶劫，從埕子到整個屋裡吵成一片。筍乾被雨淋過後成色就差了，賣不出去，所以才這麼慌張。逢到雨下久，一時不見放晴，工人們便斷了繼續出去工作的念頭，靠著廊子上的火堆來烤衣服，這時偶爾也會有人提議喝他兩杯吧。

「別忙。你說喝酒嗎？那就得先去釣魚才行哪。」

喜歡釣魚的年輕小伙子這麼出主意。接著便有三兩穿上簑衣的年輕小伙子從埕子下去釣魚去了。阿民他們把蕃薯抛進火堆裡，或者將花生埋在火灰裡，用棍子攪攪火堆，火花便飛揚起來了，於是又得挨一頓父親的罵。鵝是最高興的了，在埕子裡大洗其澡，不時地嘎嘎鳴叫著，把小腦袋抬得老高老高，詫異似地望望天色。傾盆大雨把群山罩進濛濛水霧中，雷電震撼屋頂。孩子們摀住雙耳，渾身用力著，以免肚臍被攫走。

「真糟。這樣下去，澤裡竹橋怕會給沖走哩。」

石憂心地凝望著雨腳向工人說。

「不會吧，用籐條綁在樹幹上了。」

不久，釣魚的回來了，於是廚房又忙起來。小孩們雖然不能喝酒，但有蘿蔔粥吃，也歡天喜地。從火灰裡撿撿花生啦，吃烤蕃薯啦，人人嘴巴都在動著，說的話也就有點口吃的樣子。沒有比吃東西更樂的了。人只要有東西塞進嘴巴裡嚼，天下便太平了。阿民他們覺得那些喝了酒臉紅得像雞冠的大人們所說的話有趣極了。切筍、煮筍的女工們也邊吃點心邊聊得好不起勁。等候雨過的一刻，真是再快樂不過。阿民他們拉直嗓門唱著亂湊的歌，女人們一面收拾一面窺窺雨是不是停了。

「今天就不用再做啦。」

石的一句話，使得工人們更放鬆了，連不會喝酒的也向酒杯伸出手。男人們既然不再出去幹活，那女人們便也可以準備下工回家了。她們希望雨過後一口氣跑回村子裡。看來最忙的該數阿民的母親了。一會廚房，一會筍廠，兩頭來回奔忙，鬆口氣的時間都沒有。為了擔心小雛雞被水沖走，還得來到廊子上數數雞。狗在那裡甩身上的水，被母親罵了一聲。狗知道被罵，便跑過來加到阿民他們這一夥當中。埕子上的草木在雨下低垂著頭。雞冠花差一點被雨打斷了。那是阿婆的埕子上取來的種籽種的。另外也要來了菊花，可惜目前只有一大叢葉子，還沒有開花。雨點漸漸小了，不知不覺間放晴了，夕照把埕子染成紅色，雞在追逐著翅蟻。掛在中天的虹使阿民他們樂開了。再繼續工作已經不適合了，來自村子裡的男女工人便帶著小孩三三五五地回家去。躺在長凳板上的年輕小伙子，剛好醉也醒了，舒舒服服地伸個懶腰，好像錯以為剛天亮，四下瞧瞧，這才明白過來是傍晚時分，看看草鞋在那裡，然後高呼一聲起來，準備回家。這種情形，夏天裡是常見的事。次日也是天還沒有亮就有工人農人們咚咚的踏響著屋前的路，從竹紙工廠那邊還有石磨的咿咿聲時不時地傳達過來。當阿民他們在筍架下面玩的時候，父親在埕子上大叫著說：阿民，山豬啦。於是廚房裡的母親和在廠裡切竹筍的女人們都飛奔出來了。約一百斤大小的山豬，四肢被綁住，倒掛在竹棒上，父親在後，阿壽在前抬進來了。山豬的嘴巴就像上次的猴仔一樣，咬著一根木頭給緊緊縛住。終於還是抓住牠了。竹紙工廠那邊也有好多工人跑出來看牠。

「還活著哩。」

「是老虎鋏子，不會死的。」

大家你一句我一句地嚷著，也有還沒吃到就叫好吃的，使得阿民也饞涎欲滴。今年三十四歲的父親看來像個英雄，阿民阿爸阿爸地叫著，到後來母親便說：小孩子們到埕子上去玩啦，會留下腿肉給你的。於是他們便又衝出埕子上去了。廊子上一如拜拜前的準備，有人煮開水，有人提桶子，接豬血的空罐子也拿出來了，忙成一團。抓到了山豬一定要拜土地公，所以父親吩咐母親準備。

這天晚上，由於一次意外的牙祭，回村子的工人女工都寧願晚些才回去，接受這次招待。喜歡喝酒的工人還吃喝到回去時不得不打松把的那麼晚，顯得一片昇平景象。

中元近了。石為了發工資，加上一些中元的必需品，跑了一趟街路去購物並調頭寸。阿民他們雖然不再寂寞，但也還是等不及看到父親買回來的東西和「等路」，天天都在數著日子。拖石磨的牛好像也累了，背上的皮膚擦得紅紅的，使他覺得不忍心。母親也說過最好能有另一隻替換的牛。父親回來後，這一點也得好好地商量一下。然而，父親回來得太遲了。母親不放心，便請挑竹紙和筍乾出去街路的工人看父親怎麼啦，也請他們看到他的時候告訴他早一點回來。母親說這話的樣子有些不同尋常，阿民便也不安起來了。可是那些工人還沒回來以前，阿叔專程從村子裡趕來了，說哥哥與日昌號的老闆吵架了，鬧進派出所，目前還待在街路上。母親大吃一驚，匆忙地牽起阿民的手，背著阿哲，趕到街路上去了。家畜和工人們的膳食都交給阿元嬸，還準備了松把，打算連夜趕路。工作正在節骨眼上，所以母親無論如何想知道情況，再也等不下去了。聽上過街路的人說，他們從日昌號舉的債已達三四千圓之多，因而這裡的產品都是由商店任意叫價賣出，而這價錢太不成話了，所以去找萬頂伯商量。不巧的是萬頂伯正好臥病。不得已他只好自己去抗議。對方卻說，不服便還錢來，我這邊也不必做你的生意啦。這樣就爭執起來了。石一氣竟揮手揍了人家。母親著急得什麼似的。她知道丈夫那副直腸子脾氣，下坡時幾乎滾一般地急奔而下。因此，阿民連溪流都沒看清楚，只感到有一道白白的幔幕在眼前晃了晃。竹林裡的小路濕濕的，夕陽光弱了以後，知了（蟬）燒火一般地叫了起來。

「阿民，好好地忍耐著哦。如果腳疼，可以在村子裡的阿叔家裡等著。」

「沒問題啦，阿母。」

母親最不放心的是這兩個孩子。有一次大除夕，在睡眼惺忪裡誤以為「呈燈」的火光是失火了，雙手各抱起一個小孩就想衝出去，遭了一頓父親的奚落。原本應該把他們留在工廠裡才對的，可是她就是片刻也不能離開他們。阿民覺得母親那個樣子，跟母猴仔抱著小猴仔逃很相像，因而更覺得商店老闆可惡了。抵達R村時已是傍晚時分，勸她吃晚飯也不吃，買了一些糖果，說路上小孩肚子會餓，用毛巾包起來。母親還是背阿哲，阿叔也答應有時可以背背阿民，於是這四個人便又從R部落出發了。

原刊於《臺灣文學》第二卷第一號，一九四二年二月
本篇錄自《張文環集》，張恆豪編，前衛出版社，一九九一年二月一日初版，頁一三五～一七八，鍾肇政譯

導讀——謝鴻文

一九一二年阿里山森林鐵路全線通車後，嘉義市從此成為阿里山林場木材的集散地。一九三一年，嘉義縣竹山出現了臺灣史上第一家竹業貿易公司「富源株式會社」，森林產業與竹製產業，在嘉義發展歷史悠久，出生於嘉義梅山的張文環，也將這兩種產業結合，寫進了他獲頒「皇民奉公會第一回文化賞」的得獎名作〈夜猿〉中。

〈夜猿〉具體描寫了山林生活的苦與樂，故事裡的男孩阿民一家人，從城市回到山林經營製竹工廠。相較於優柔寡斷的父親，只是想利用山林資源重振家業，仍心心念念想回城市裡；阿民和弟弟，卻愛上了山林的生活，雖然簡單清苦一些，但看不盡的自然優美景致，和自然萬物的互動，衍生出的情趣，還有山林中素樸親切的人際關係，俱成為他們的生命活力泉源。例如大人夜裡聽見「苦雞母」（杜鵑鳥）的啼叫是寂寞的感受，可是阿民卻從母親那聽來「苦雞母」是張天師孫子再世的傳說，樂於將它當作睡前故事聽著安穩入眠。

這種成人和兒童觀點的差異，這篇小說裡有非常多例子可比較，又如阿民和父親去山林布置狩獵陷阱看法的殊異。孩子的童心清朗如月，如阿民在過年將至時問道：「猴仔也有過年嗎？」兒童澄明像外在山林自然的心境，隨順自然的依著四時節令的生活，從中營造的樂趣，是這篇小說引人入勝之處。

輯五

回望殖民地

藍衣少女

呂赫若

公學校的年輕老師蔡萬欽，為校長那種迎合的作風，氣得七竅生煙。而山村人們帶有野蠻性、愚蠢的抗議，也類似小偷的行為，更加激起他的怒火。起初，他決定極力反駁校長，即使把問題帶到州，也要徹頭徹尾爭到底。但當興奮減退，逐漸覺得自己像隻無力的小動物，感到遠離文化的山村人們充滿堅如鐵壁的偏激。自己更加可憐。

「藝術是什麼？文化是什麼？這是個有錢能使鬼推磨的世界嗎……」

突然有股衝動，想竭盡全力「刷——刷——」撕破從校長手中接過來的油畫「藍衣少女」。不過，這點他也無法辦到。深知放棄自己的藝術，就宛如扼殺自己的生活意義。嗤笑自己的無力。失去藝術，變成與他們一樣是平凡的蠢物，將情何以堪。果真如此，自己已變成擁有藝術的非凡之人嗎？像現在這樣為藝術而工作，就要高聲向山村所謂的有志之士道歉嗎？那藝術豈非一文不值？多麼無力的藝術……

萬欽這才撲簌簌流下淚來。

以「藍衣少女」為證據，來抗議的村裡有志之士們，與校長談判回去後，校長把他叫到辦公室，努力擠出笑容。

「蔡君！這種事雖然不會造成問題，怎麼樣啊？因為立場就是立場。立場……」

「聽您這麼一說，我把它當作藝術作品來畫那張畫，是弄壞立場嗎？」

校長垂下眼睛。

「關於那一點啊！如果是世間一般的藝術家來畫那張畫，當然沒有問題。可是，因為你是個教育者啊。」

萬欽的臉色發青、情緒激動，沉默許久。

「而且，因為這裡是山村。沒有人能理解藝術之類的，所以認為你簡直就是誘惑少女來當模特兒。你以為呢？」

「不過，我以妙麗為模特兒，並沒有什麼惡意。而且，她在六年級時，我曾經教過她。說什麼誘惑不誘惑的，這不是很可笑嗎？」

「嗯！不過，因為她現在是女校畢業回家的掌上明珠啊。臺灣的文化水準低落，你最好死心，像個教育者來道歉吧。」

萬欽以自己曾經教過的學生妙麗為模特兒，畫了那張「藍衣少女」，竟然被解釋成那樣，簡直是冒瀆藝術，未免欺人太甚，不由得怒火中燒。妙麗是本山村一位富豪的女兒。也是他來這個學校第一年教過的學生。女校畢業回家後，整天遊手好閒，來學校遊玩時，自己說要當老師的模特兒。由於是個稍有都會風情的漂亮少女，於是他傾全力製作，想做為「府展」的作品。就在即將完成前，突然丟失，今天被有志之士們搬來，做為證據而擺在眼前。簡直滑稽至極。不過，萬欽生氣的另一個原因，就是自己被視為有邪心的男人，逐漸有被汙辱的感覺，無法正視校長。

「問題在於你是個教育者。以自己的學生為模特兒，雖然沒有什麼，可是，世間不容赦教育者做這種事。而且，還有一點對你很不利。」

校長挺出身子。

「尊夫人去東京的事，也造成不必要的流言吧。」

「……」

瞬間萬欽啞口無言，只覺得腦裡熱烘烘的。也許是主觀印象吧，校長的臉就像隻卑鄙的大猩猩，在眼前晃來晃去。幸虧辦公室只有他和校長兩個人，才不至於揭穿臉紅之恥。由於現在是上課中，整個學校寂靜無聲。

「……我是不會這麼解釋的。」

校長笑著添加這麼一句話。

「那麼，我為招致大家猜疑的行為道歉。」隔了一會兒，萬欽抬起頭來說。眼裡閃閃發光。

「不過，我也有話要說。那就是對我名譽的毀損。由於內人不在家的關係，竟然胡亂猜測，我實在覺得很奇怪。然後，從我的宿舍把畫盜走，這種小偷的行為，我絕對無法容赦。」

校長沉默凝視著他一會兒。

「你說的也有道理。不過，你是個教育者啊。沒有關係吧？是個教育者啊。」

說著露出一副強硬的態度。萬欽不由得發火，正想反駁時，鐘聲響起，職員們魚貫而入，只好就此打住。

雖然走進自己的教室，激昂的情緒尚未撫平，到了下一堂課也依然靜不下心來，他把怒氣發在兒童身上。

「蠢蛋。卑鄙的解釋……」

雖是在上課中，校長的言語如在胸中沸騰。這是多麼骯髒的人世啊。乖僻的看法是天下的常道嗎？連妻子去東京的事，也被拿來作文章。嗚呼——畢竟是因為自己是教員的緣故嗎？萬欽對被叫作教員、自己縮小的身影，有種想沐浴在侮蔑、同情與悲嘆交織的叫囂中之躍躍欲試的衝動。他的妻子上東京研究洋裁，已經過了一年。從菲薄的薪水中寄出少得可憐的生活費，是為了想讓妻子能有個職業來維持生活。而且，依據他個人的想法，不想讓自己作畫、與金錢絕緣的黯淡前途，牽連到家人。在作畫的宿命下，儘管自己過著貧窮的生活，也無法忍受會累及家人。因此，為了自己離開家人也能獨立，決定讓妻子扛起這個責任，而妻子也有所覺悟。連自己這樣的計畫，也被視為潛在著卑劣的野心，叫他如何能忍受？不由得怒髮衝冠。眼前浮現被侮辱、翻弄的一個小小「自己」之身影，最後已分不清到底是在忿怒或是哭泣。疲倦地呆坐在學生回去後的教室裡，眺望著窗外的青空。

逐漸地沉浸在淒慘的情緒中。現在已經沒有鬥爭的體力了。校長與地方具有威信的有志之士，許多張臉一團團地，特寫般脅迫過來。說是一個無聊的畫家而且是微不足道的畫家在反抗，連社會都在叱責自己。他甚至有這樣的想法。最後，聽從了校長的勸告，放學後，真的向有志之士們道歉。

回到宿舍已是傍晚時分。西邊紅色的天空與院子的龍眼葉互相輝映。

沒有精神去煮晚餐，只是出神、含恨似地凝視著「藍衣少女」。門口的門被打開，穿著七分大衣、配上一雙紅帶木屐的妙麗靜靜地走進來。

「老師！」

聽到叫喚聲，萬欽吃驚地抬起頭。妙麗悲淒似地，垂下眼睛，頭低低的。

「對不起！」

「回去！」

「老師！」

「請息怒。都是我父親不好。」

抬起頭。眼淚在煤油燈下閃爍。

「沒有關係，回去！」

「老師！不要！」

「我對老師做了不對的事。要是不當模特兒就好了！」

萬欽默默從頭到尾打量了妙麗一會兒。妙麗的身子靠著玄闗的牆壁，低下頭。

「已經是過去的事了。回去吧！」

「不過，村裡的人都是傻瓜。不了解什麼是藝術，而且……」

「妙麗！」

「而且……」

「沒有關係，回去吧！嗯！再讓別人看到就不太好。人言可畏啊！回去！」

「那好啊！老師！讓別人看到也沒有關係啊。」

「不會又造成困擾嗎？」

萬欽以粗暴的語氣說。妙麗抬起頭動也不動地望著他，眼裡盈滿淚水。再也看不下去，於是眼光移向外面。玄關的玻璃門映著夕照，泛出紅光。已經天黑了。山巒被渲染成紫色。

「沒有關係的。老師！」

她的呼吸急促。

「我已經下定決心了。」

「咦？」

吃驚地望著她。妙麗用手帕頻頻拭淚。

「這次的問題，家父是逼不得已才這樣做的。老師認為誰是幕後指使人呢？」

「那已經無關緊要了。不是嗎？」

「是姜家嘆。因為姜家在嫉妒。把別人當作傻瓜。」

「……」

「他們已經把我當作是自己的東西了。」

「……」

「因此才為難老師。」

「已經很晚了噢。回去吧！」

「老師！您聽我說。老師！」

妙麗紅著臉凝視萬欽。

「我已經覺悟了。我沒有辦法和那種蠢蛋廝守一生。」

「這樣是不行的。」

妙麗是本村首富姜清福的長子姜大川的未婚妻。姜家就在學校南方谷間相思樹繁茂的山腰，蓋了一幢紅瓦的住宅。姜大川是個理平頭、皮膚黝黑的青年。公學校畢業後，在家裡的茶園裡監督，除了飼養野鴿或沉溺於圍棋外，別無其他本事。偶爾會來學校遊玩，所以萬欽對他很面善。從小就和妙麗有婚約。妙麗女學校畢業似乎也是仰賴姜家財力的緣故。萬欽聽說他頗自豪自己是山地青年，妻子卻能進入女學校，走起路來得意洋洋。

「不過，老師！」

妙麗尖叫說。淚水再度溢出，獨自發牢騷似地說：

「生活沒有意義，不是嗎？乞丐也有飯吃。在這個山中，而且要成為那個白癡、像標本的姜大川的妻子，一輩子與他共同生活，無論如何我都無法辦到。無法辦到。是的，無法辦到。我不要在這個山中，在這個討厭的空氣中，日復一日重複討厭的工作，等待變成黃臉婆，然後長埋於此山中。不要！我不要嘛！有錢也不能怎麼樣啊。我想更深入探求生活的意義啊。這樣世界才會遼闊啊，不是嗎？」

這些話也刺痛了萬欽的心胸吧。他默默地走到客廳，坐在「藍衣少女」的前面。

「尤其是這次老師的問題。我深感厭惡。」

「妙麗在做夢。」

「沒有關係，沒有關係的。雖然有點愚蠢，我想做夢。我想要有夢想。村裡的人們甚至無法有夢想，不是嗎？也不了解藝術……」

「不過嘛！」

萬欽稍微笑了一笑。

「藝術！藝術一點也不能帶給人幸福。金錢才是萬能的。」

「哎呀！老師！」

妙麗有點懷疑自己的耳朵。

萬欽平靜地點頭。

「是啊。像我現在就為了藝術而跪倒在金錢的面前。藝術真悲慘啊。」

妙麗有好一會兒說不出一句話來。

「我深深覺得如此。曾經和妙麗一樣抱持著這種想法。不過，還是金錢至上。藝術是愚蠢的。」

「老師！你怎麼了？」

「嗯！我也是這麼認為。我能了解妙麗現在的心情。而且認為也不應該有現在的想法。不過，我也無能為力啊。」

「還是金錢較好嗎？那麼，我最好是當個山中的富豪夫人。」

「嗯！這樣很好。」

「那就當吧。」

微微一笑，妙麗開個玩笑。

於是，萬欽站起來，拿來一把剪刀。

「為了藝術吃盡苦頭的自己真悲慘啊！我認為自己做了蠢事。總之，為了藝術，竟然輕易地跪在金錢的面前，把道理拋在一旁。」

妙麗直楞楞地凝視萬欽的動作。

突然間，好像想到了什麼，萬欽大喊：

「白癡！什麼是藝術？」

同時反握剪刀，跳向「藍衣少女」。

「該死！藝術的小蟲！」

「哎呀！老師。」

妙麗吃驚地跑向客廳，按住萬欽的右手。

天色越來越暗。

原刊於《臺灣藝術》第一卷第一號，一九四〇年三月
本篇錄自《呂赫若小說全集》（上），呂赫若著，印刻出版有限公司，二〇〇六年三月初版，頁二一七～二二六，林至潔譯

導讀

——梁燕樵

呂赫若本人與小說中的主角蔡萬欽在身分、經歷上有許多重疊，同樣擔任過公學校的教員，同樣以藝術作為人生職業（只是呂赫若傾心的是音樂），這種重合意味著小說主角的遭遇能夠透顯出呂赫若對這個時代獨特的切身感受。小說的情節很簡單，作為公學校教員的畫家蔡萬欽以曾經教過的女學生為模特兒，畫了一幅「藍衣少女」，而遭到當地所謂「有志之士」的攻擊，陷入極為困窘的境地。

然而某種不協和的色調籠罩著小說中的世界，這種不協和肇始於主角的兩種身分及其所代表的兩種邏輯之間的錯位。面臨來自當地民眾的非難時，蔡萬欽強烈地以藝術家的身分自居，並強烈控訴著金錢對於藝術的侵害。然而若按照校長的解釋，則導致這種非難的，實為蔡萬欽的教育者身分，正是由於蔡萬欽是一個教育者，所以他不應該做出這種在當時民風認知的傷風敗俗之事。

這種錯位交織出極為獨特的日治時期的社會境況，如果說藝術與金錢的衝突確實是現代社會的典型問題，而主角身為教育者，本該承擔著現代啟蒙的功能，又為何在臺灣民眾對於現代價值觀的的抵制中，反而首當其衝，成為傳統偏見的祭品呢？這篇緊湊的小說蘊含著許多啟人深思的訊息。

頑童伐鬼記（註一）

楊逵

泥沼裡的小鎮

井上健作被跳蚤和蚊子咬得一直無法入睡，但由於長途旅行的疲憊，還知道鐘打了四點，但後來終於沉睡過去。可是不多久就被附近工廠的汽笛吵醒。他將兩腿伸到自己裹著的僅只一床的毯子上，吱咯吱咯地搔著蚊子叮咬過的大腿部位。接著，又敞開睡衣，不停地搔著胸前和腰部。然後，又從兩個榻榻米大的房間角落拿掃帚，倒拿著掃把柄，從脖子（註二）上部開始戳背。這時，腰窩和腿部又癢起來了，害得他手忙腳亂也到處亂抓，凡是抓過的地方不是出現成條的紅腫，就是變成一個個紅紅的小圓點。

健作打開用報紙糊的紙門，經過這屋子的主人——也就是他哥哥健次的房間，往井邊走去。哥哥家裡的人都起來了，並且房間內外也都收拾乾淨了。哥哥和兩個小孩好像吃過早飯後都到外面去了，只剩嫂嫂一個人背著小孩在井邊洗碗。這時，天還未亮，電燈仍開著。他嫂嫂聽到拉開紙門的聲音，立刻轉過頭來問道：

「睡得好嗎？」

健作這才注意到似的，以吱咯吱咯地抓著腰窩的手，擦著微腫的雙眼，因為剛到這裡作客，儘管被咬得全身一片紅腫，卻沒敢對嫂嫂坦白說出昨晚被跳蚤侵襲得受不了的事，只是含糊地應了一聲：「還好！還好！」

健作穿上木屐走近井邊，將睡衣掛在竹竿上，只兜著一條兜檔布。然後汲取水井水嘩啦啦啦地沖洗身體，又拿起砂子在癢得難受的大腿上來回搓揉。在一旁洗著碗的大嫂，看他這情景，覺得很可笑，但當自己轉過身的瞬間，一直在陰影中的健作的身體一下子被燈光清晰地照射著，所以看見背上紅腫的小圓點時，大嫂不禁笑著說道：「哇！被跳蚤咬成那樣子，真可憐……趕快洗一洗……我拿藥給你擦！」然後擦乾抹布，從壁櫥裡拿出「萬金油」放在榻榻米上，便又忙著替健作準備早餐。

健作用砂子把整個身體塗得像黑人似的，然後汲水把身體沖乾淨。這一來，身體也就不再癢得那麼難受了。他微笑著走進客廳，裝做不在乎似的笑著說道：

「我還自認為習慣和跳蚤同眠呢，可是，這地方的跳蚤真兇啊！——」接著就在飯桌前坐下來，拿手指被抓腫的地方看。大嫂準備好飯菜，就去健作睡的房間收拾舖蓋。

「我們剛來的時候，大概有一個星期左右的時間也著實傷透了腦筋，現在倒也習慣了……」大嫂像回憶似地說道。接著，邊把被子塞進壁櫥邊說：「都因為這條墊被太破舊了，真抱歉！——我們一家四、五口共用這條墊被是嫌小了些——今晚給你一條蓋被吧——」

「不，不用麻煩了。如果害得大家都感冒，那我會於心不安的。」健作一面將泡味噌湯的飯往嘴裡送，一面說。雖然臺灣天氣炎熱，但入夜後卻相當涼快。健次家的棉被只有兩條——三人合蓋一條蓋被，兩人合蓋一條墊被。由於弟弟的突然來訪，來不及訂做新被，不得已只好把墊被讓給他，自己一家五口人共蓋剩下的一條蓋被，實在是不舒服，若將大一點的蓋被給健作的話，五個人共蓋那條較小的墊被根本不可能。所以被健作婉拒後，大嫂也就不再提起被子的事，重新回到井邊去洗衣服，嘩啦嘩啦地來回搓洗著。這時，健作已吃完飯，並將飯桌收拾乾淨。在苦學中完成美術教育的健作，早已習慣洗衣、煮飯等工作，但他大嫂一聽到碗筷的碰撞聲，趕忙回廚房接過去洗。

健作回到房間，拿起萬金油。他用手旋轉著這個奇怪的藥，打開蓋子聞了聞，然後用手指沾了一點擦在紅腫的部位。有傷口的地方有一點刺刺的，但是本來發燙、紅腫的地方，藥滲透了以後涼涼的，就舒服了許多。

就這樣漸漸不癢了，健作從兩疊榻榻米大的房間眺望窗外，現在，天色已漸亮了；剛才路過要去工廠上班的工人的吵雜聲現在已沉寂下來；因昨天下過雨，路上仍是泥濘不堪，這時走來一個十七、八歲模樣的女工，她一面用右手把褲管提到膝蓋上，一面用左手拎著木屐，不知要到哪兒去上班；接著，又有個做生意模樣的六十多歲的老太太，背著大包袱，把衣服撩到臀部上，腳步蹣跚地經過。

過了一會兒，有個大概十歲左右的小孩，手裡拿著蕃薯從對面的房子跑出來，接著又有一個約八歲左右的小孩子，哇哇地哭著在他身後追出來，較大的小孩由於跑得太急，摔了一跤，蕃薯掉在約六尺前的地上沾滿泥土，較小的孩子見狀，隨即停止哭泣奔過去撿起來，他用衣服將泥巴擦掉，大口大口地吃著。較大的孩子氣得牙癢癢的，立刻起身從弟弟手中一把將蕃薯搶過來，然後把弟弟摔倒在地上。母親聽到孩子們爭吵哭泣的聲音就走出門來，她一把搶下蕃薯遞給背在身上的小孩，然後，將兩個混身泥巴的小孩拖進去打罵，孩子哭泣的聲音和母親歇斯底里的叫罵聲持續了一段時間。

學美術出身、對美麗的寶島——臺灣——嚮往已久的健作，為了尋找靈感而來。在未抵達這個小鎮之前，對碼頭景色、以及從火車窗外所眺望的自然風光和街上堂皇的建築物等，的確曾留下很好的印象。但他看到這種情景，再回想起昨晚被跳蚤、蚊子夾攻的事情，不由感到無比失望。

說到生活的困苦，在家鄉，對健作的藝術才華期望相當高的老師們，雖然生活很清苦，但仍付出最大愛心、熱心幫助健作，有的去做夜市生意，有的賣納豆等，每月共同出二十元，使他能夠順利的就讀初中、畢業於美術學校。所以，健作自以為是吃過相當之苦的。但看到這種情景，他已開始懷疑：這是什麼「美麗的寶島」？為什麼他的父親還前來征討臺灣而戰死於此？又讓子孫在此過著這樣困苦的生活？

垃圾場的樂園

健作正呆呆地沉思時，從狹長的大雜院另一端傳來彷彿快被勒死似地小孩的哭泣聲。健作嚇了一跳，從窗子往外探頭一看，大嫂也放下洗濯的衣服走到客廳來。這時，聽到有人叫著：「快幫他止血！止血！」是井上太郎的聲音，井上健作回頭看大嫂問：

「好像是我們家孩子的聲音？」

「嗯！好像是……」大嫂說著，就光著腳跑出去了，那種驚惶失措的樣子使得背上的小孩也嚇得哭起來。健作隨即跟著跑出去。

在三四間房子外的垃圾場玩的二十多個小孩，正七嘴八舌地吵嚷著，他們圍著臉色蒼白的太郎。他正抱著次郎叫著：「快找泥土來，好替他止血。」只見有一個小孩兩手捧著泥土趨上前來，將泥土塗在次郎血流不止的腳上後，又跑出去找泥土。

這時，太郎的母親和健作已經趕到了，孩子們嚇得雙眼直勾勾的邊看邊後退。

「怎麼搞的？你這孩子！」

母親喝斥著，太郎擺出想溜走似的姿勢，但身體直哆嗦著，想逃也逃不掉了，現在，他似乎在小心提防著，預防母親的鐵拳猛然揮過來。

「被這——被這個割傷了，這個玻璃碎片。」他結結巴巴地說著。

「我不知告訴過你多少次不能在這裡玩，你這小鬼！」母親泫然欲泣似的說著，她抱起哭泣不停的次郎離開，一邊叫道：「太郎！你也快回去！」

太郎仍在哆嗦著跟在後頭，被雨水洗過的煤渣和玻璃的尖碎片閃閃發亮，健作拿起玻璃碎片之後，向大家問道：

「怎麼回事？」由於這一陣騷動，驚動了大雜院中的太太們，紛紛從窗口探出頭來。

「哇！這麼多血……」

接著，就是一陣叫喊聲。

「阿明！」

「阿泰！」

「龍八（註三）呢！龍八呢！」

「三郎！回來！」

呼叫自己的孩子的聲音此起彼落。這裡住有日本人、朝鮮人、中國人和臺灣人。孩子們瑟縮地各自回到陰暗潮濕的家。

他嫂嫂忘了滿腳泥巴，穿過客廳走到後院。健作在後面跟著。他先來到井邊，叫道：

「大嫂！把次郎帶過來，快把泥巴洗掉！」

這時，次郎腳上和著泥巴的血巴答巴答地掉落下來，孩子的臉色蒼白，不出聲卻一直在嗯嗯地呻吟著。

他嫂嫂把次郎抱過來，在臉盆旁邊坐下，健作便抬起孩子的腳嘩啦啦潑水沖洗，同時用手指輕輕地挑出血泥。這一來，孩子又哭叫起來：「哇！好痛！」站在母親背後的太郎，臉色鐵青，直在打哆嗦。將泥土全部洗掉後，做母親的看到次郎小腳的小指頭幾乎快斷掉似地懸垂著，不由「哇！」地叫了出來，一隻手抱著次郎，返身用另外一隻手往太郎的臉頰上「啪！」打了一巴掌。太郎「嗚嗚」哭起來，匍匐著穿過客廳，然後靠著門，一面用滿是泥巴的手揉眼睛，一面「嗚嗚」地哭個不停。

次郎的腳洗好了，母親把孩子抱回客廳，一面用尿布擦乾他的腳，一面向小叔說道：「阿健！拿那個藥來！」

健作很快地拿出「萬金油」輕輕地塗在次郎的腳上。血還不斷地流出來，次郎仍是嗯嗯地呻吟著。母親撕下一塊尿布當做繃帶把傷口包紮起來。白色的布條被滲透出來的血逐漸染紅了，次郎已哭累睡著了。

太郎也不哭了，就地坐在玄關那兒打盹。

「我每天都告訴他們，不能到那垃圾場去玩，他們總是不聽。工廠的鐵屑、破瓶子、釘子等等，都丟在那兒，實在很危險，幾乎沒有一天沒有人不受傷的。昨天對面的小孩子被鐵屑割傷腳拇趾，前天一個朝鮮人的孩子腳跟也被鐵屑劃傷，很嚴重的；四、五天前，一個臺灣人被釘子從腳底刺穿。真的危險極了。但是孩子們一放學回家就馬上成群結隊地去那兒，放假的日子更是從一大早就在那邊騷嚷個不停。」

母親看次郎睡著後又開始洗衣服，她像自言自語似地對著健作訴說，接著又數說了孩子們一頓，太郎聽了很不服氣地叫道：

「因為外面沒有遊玩的地方嘛！」

「你說什麼！沒有玩耍的地方在家裡用功不是更好嗎？你打算在這種泥濘的小街住到什麼時候？稍微用功點，將來有一點成就，不是可以住更好一點的房子嗎？！」

母親放下衣服，站起身來，大聲喝斥。

「好了，好了，大嫂！小孩子如果整天關在房裡看書，對身體也不好。待會兒我去找找看有沒有可以玩樂的地方。」

健作說著，再度環視這間陰濕的屋子，他雖剛進來不久，但已覺得有點頭暈了。他想，小孩子一天到晚關在這種屋裡，恐怕任誰也沒辦法忍受。

當然，做母親的也不是不知道這回事，只是她認為讓孩子待在家，即使對身體有不良影響，卻並非顯著地看得出壞。從這次次郎受傷的意外事件來看，把孩子留在家裡還是比縱任他們在垃圾堆遊玩來得安全。

而太郎得到叔父的聲援，就更理直氣壯的反駁道：

「是呀！若整天關在房子裡會悶出病來的！」

這一頂撞，他母親有點招架不了了，若非有客人在場，少不了賞他一巴掌。可是她小叔既在現場，並且，又是站在同情孩子的處境的立場，現在即使不服氣也不得不忍耐了。於是她以下臺階似的口吻說道：

「那——那應該到不危險的地方去玩呀！」說完，她也想了想，那裡是沒有危險的地方呢？的確找不到。從前，屋後的廣場，曾是孩子們遊玩的園地，但現在已被工廠的老闆築一道圍牆圍起來，打算做成庭園。前面的小巷嘛！雨天既泥濘不堪，並且也不太安全，過去一個鄰居的小孩曾經在那裡被腳踏車壓得受了重傷……她索性什麼都不想了，又打起精神洗衣服。

健作很後悔他未經考慮就說出要去找合適的遊樂場所。他們長年住在這裡，尤其是孩子們天生有尋找玩耍場所的本能，比起貓和老鼠尋找食物還要靈光得多，連孩子們都不能找到適宜的場所，何況自己只是剛抵達這個城鎮，想來根本不可能。但是，就只為了改變氣氛，同時也因為他已切身體驗到待在陰濕的屋子裡發呆的痛苦，於是，他拉住太郎的手，說道：

「大嫂！我們出去一下。」

鬼屋

後街終究是後街。健作帶者太郎到外面一看，直到遠處，都是同樣型式的房子，同樣泥濘的路。健作經過這裡時，也不得不撩起衣服到臀部的地方，而且木屐幾乎整個陷在泥沼裡。

「叔叔！木屐要用手拿著啦！要不然會弄得滿身泥巴。」

太郎這樣教他。但他總覺得好笑，覺得不自在，木屐為什麼不穿在腳上而拿在手裡？他也了解，這是環境所造成的習慣，凡是經過這條街道的人，甚至像今天早上所看到的那些妙齡女郎也是如此；如果，他穿著木屐在這泥濘的街道上行走，也許人家反而覺得好笑。所以他只好入境隨俗，把木屐拿在手裡。他小心翼翼地走了一會兒，以免滑倒，再向左轉，經過約一百八十尺，就有一條柏油路大街，大街兩旁有氣派的排水溝，路人就在這裡洗淨手腳，然後穿上木屐。健作也照做了。

直到要走出小巷口，健作以為今天也是陰天；但是巷口的這條柏油路大街，卻有耀眼的陽光照耀著，路面根本看不出是下過雨的樣子，既乾燥又清潔，街道兩旁也種了樹。健作心想：這不正是很適合遊玩的場所嗎？他轉過頭去看看太郎，只見太郎在後面好像很舒暢似的，邊走邊將兩手交互向上、向兩側伸張做著體操，接著又做了深呼吸，很爽快似的。

「太郎！這裡是很合適的遊樂場所吧！」健作說。

「不成！自個兒到這邊玩還可以，但是比較小的孩子不能沒有人照顧啊！在這裡馬路中有汽車通行，並且兩旁有水溝，也是很危險的地方。我曾帶弟弟來玩，弟弟一不小心掉進水溝裡，回去後被母親狠狠地打了一頓。所以必須寸步不離地看看弟弟，一點也不好玩。」

「原來如此！」健作心裡想著。

二個人走著走著。

約經過三百尺後，可看到一個很大的庭園，圍牆內種植了不少青翠繁茂的珍奇樹木。

「這是公園嗎？」

「不！是我爸爸工廠老闆的花園，本來我們常常到這裡玩，但是……」太郎回想著說。

「嗯！是好地方，這裡不但不遠，而且空氣新鮮，舒服極了！」健作以為孩子們不來這裡玩是因為距離太遠，所以就這麼說。

「這真正好在我們家後面，離家也很近，但是自從砌上圍牆後，我們就不能來玩了。並且，園裡養了很多狗呢，我們若去那邊玩，主人就嗾使狗咬人……」太郎說到這兒，突然像發瘋似的狂叫道：「哇！鬼來了！」旋即轉身狂奔而去。

「太郎！等一等！」

健作叫他停下來，太郎卻不知已經躲到那裡去了，健作跑過去尋找了好一會兒，卻始終找不到他藏匿的地方，只好在那附近邊走邊叫：「太郎！太郎！」但卻沒有一點回音。

健作帶著滿腹疑團，折返回家，途中，他心想，太郎的「哇！鬼來了！」狂叫聲，絕不像小孩子開玩笑或惡作劇的語氣，倒像是恐懼至極而發出的聲音。他倆並不是相處得很熟，而且第一次一起出來，怎麼會拿他作惡作劇的對象呢？但是，若說有鬼，更是不可思議的事，鬼竟在白天公然地在人口密集的地方出現，豈非更難以令人相信？

健作是受到他故鄉的師長們的幫助，在半苦學的情形下完成美術學校學業的，這是已經說過的。他的父親在征臺之役中陣亡，家裡的一些田產也逐漸變賣出去。約十五年前，他的哥哥健次聽說臺灣的稻穀每年可收成二次，農人生活富裕，唯一危險的是，那裡有生蕃和毒蛇的為害而已。他的哥哥聽到這消息後，田地全都賣給人，如今，除了碰碰運氣到臺灣之外別無辦法。這麼想看，才渡海來臺的。但是他到臺灣後，卻一點音訊也沒有，家人都很擔心，不知他是被生蕃殺害了？抑或被毒蛇咬死？但他們也只有空自掛慮而已，始終沒有線索探聽他的下落，就這樣一年又一年的過去了，直到今年，剛從美術學校畢業的健作，一幅入選帝展的裸體畫被一個貴族以現金三百元的高價買去，正好不久前他們聽一個從臺灣回來的同鄉說，他大哥住在臺灣最大的工業都市，他就寄出一封地址寫得並不完全的信，但也收到回信了。所以，便想到來這裡看他哥哥，順便還可在美麗島做寫生旅行。他心想，父親陣亡於臺灣，他哥哥也許已是工廠的高級幹部了。加以健作的母親已是風中殘燭，餘年無多，她現在最迫切的希望，就是想再看看哥哥一面，才死而瞑目……。所以，他拿到三百元後，留下一百元給他母親，就獨自來臺了。

結果，沒想到哥哥的境況竟是那麼悽慘，使他悲從中來。此外，他覺得臺灣的工業都市和日本並沒什麼兩樣——不，恐怕更糟。其實這些並不足為怪，但是太郎在大白天之下竟叫起「鬼來了！」而又離奇失蹤，使他既吃驚，又擔心。但是，一回到家，卻看到太郎已先他而回。他心想：「果然是惡作劇！」

「唉！你已經回來了！剛才好叫人擔心。」

沒想到太郎一點都不笑，臉色蒼白，好像真是驚嚇過度的樣子。他又詫異起來，小心翼翼地問道：

「剛才你跑去那裡了？」

「我是從前面的巷子回來的。」

「為什麼你一個人先回來？」

「我——我好怕！」

「有什麼好怕的？」

「好可怕喲！鬼出來了。」

「鬼？傻瓜——哪裡有鬼？」健作笑了。

「有啊！從庭園裡面出來的就是。」

「什麼？就是那穿西裝的人？」

「是啊！他就是鬼呀！即使穿著西裝也是鬼呀！即使臉像不可怕也是恐怖的鬼呀！」

「為什麼？」

「因為他常常嗾使狗咬人，那裡面有十四隻可怕的狗，好像獅子一樣，只要那個鬼的手一指，就一起衝過來！」

「哈、哈哈……是這樣子呀，我還以為什麼鬼怪呢！」

「還可不是笑話，你看！我被狗咬成這個樣子。」果然，太郎的大腿有一道約一吋半的傷痕。

「這是被狗咬的？」

「是呀！所以很恐怖哪！」

健作回憶著他剛才所看過的庭園。

那裡的確有一個穿西裝的男人，和許多在追逐玩耍的狗，那種悠遊自在的園地，怎會變成鬼屋？那個男人看起來很和氣，怎麼會驅使狗咬噬小孩子？使他們擔驚受怕？

於是，健作問道：「那個男人看來很和氣，為什麼會那樣做呢！一定是你們太頑皮吧！」

太郎有點不好意思地說道：

「因為從前我們都到那邊去玩，自從他們築起圍牆後，我們就沒有遊玩的地方了！」

「哈哈……那麼你們就去破壞那道圍牆了？」

「不，不！只是爬過圍牆去玩玩而已。」

「嗯！」

照常情來說，小孩子爬牆侵入工廠老闆的庭園遊玩，也許是不對的行為，但是工廠老闆將孩子們玩耍的地方完全占為己有，也未免有點不通人情。世界上的事情，豈非都是如此？偷竊是犯法的，可是，要工作而沒有工作的失業者，或者即使終日勞動也不得溫飽的人，他們為了活命，情非得已而淪為竊賊，那也是罪惡的。但健作認為，《悲慘世界》的寫作，其實是制度錯誤的結果，是時代錯誤的結果。但是根據雨果的結論，悲慘世界的問題是無法解決的。不，那本書本來就沒有結論，只是描述事實而已。話說回來，那麼，我們這些窮困的人，豈不是應該努力工作，設法爭取維持生活所不可或缺的東西？健作一想到這裡，對自己過去所持的美術創作態度，不由感到懷疑起來，那幅被某貴族高價購買的裸體美女圖，豈非就像眼前這座庭園一樣！他自己正如建造庭園的工匠，無非只是供有閒階級服務而已——倏地，他腦中升起某種美術創作的衝動。

頑童伐鬼

「太郎！我來畫一張好畫送給你。」

健作說著，就跟太郎要來一張圖畫紙，興致勃勃地勾畫起來。他畫的是今天所看到的庭園，園中有一個正在做勢嗾使惡犬噬人的男人，然後畫出，一群孩子在圍牆外的垃圾場以疊羅漢的方法做成「人梯」，站在最上面的就是太郎，他手中拿著從下面傳遞上來的煤渣、石塊等，正做勢對著牆內的工廠老闆和狗做投擲狀。在這幅圖畫裡，即使牆外的底部是陰暗的泥濘街道，當孩子們疊了四層五層，高踞上頭的小孩就全身都沐浴在陽光下，很像是宗教畫的「背光」的筆法，燦爛光輝中的少年，和下層陰鬱氣氛中的孩子們形成對比。太郎樂不可支地急忙把這張畫拿給其他玩伴看，悶悶不樂的孩子們看了這幅有趣的畫，都雀躍起來，於是大家就模仿「桃太郎」的故事，將這幅畫命名為「伐鬼」。健作聽到這種情形也覺得非常高興。

十幾天後，健作就返回東京了，當他要出發時，送行到車站的小孩子約有五十個之多，有中國人、臺灣人，也有朝鮮人，健作興奮得漲紅了臉，率先高呼：「伐鬼萬歲！」孩子們也跟著應和，一時，「伐鬼萬歲」的宏亮聲，響徹了整個月臺。

健作回到東京的一個月後，接到一封太郎和四十五個小孩連名寄來的信。內容如下：

「自你離開後，我們便常常商量伐鬼的對策，最後，我們決定先從『鬼』手下的那一群狗下手，每人先設法儲蓄三分錢，然後湊合起來買了一些牛肉和針，把牛肉切成十五片，裡面藏著針。我們在垃圾堆邊搭成人梯，將狗引誘過來，然後把牛肉扔給牠們吃。那些狗爭先恐後的吃了起來。我們大喊：『伐鬼萬歲！』然後才離去。我們聽一個臺灣爺爺講，狗吃了牛肉以後，針就刺入胃腸或食道中死了。所以我們以為狗馬上就死了，可是沒想到狗並沒有立刻死去。那些狗因痛苦而哀號，約持續了一個星期才死去。只要沒有狗，工廠老闆便沒什麼可怕了。這麼來，我們又可以爬進圍牆內在安全的地方玩耍了，所以請放心。工廠老闆變得神經衰弱起來，為什麼呢？因為他挺著大肚子，行動緩慢，我們一看鬼出來了，就先亮出雞巴，然後就可以從容不迫地逃出來了。大家要同心協力，今後還要繼續爭取安心遊玩的場所。我們都意氣風發，想必你也會為我們高興……」

看完信，健作的笑容持續了大約一個星期，他實在太愉快了，他開始相信，這樣做，才是真正的「大眾化美術」。

註一：以筆名「楊建文」發表。

註二：日文手稿第一頁寫為「首」，意即「脖子」。《臺灣新文學》版誤排為「上目」。

註三：日文手稿第十二頁寫為「龍八」。《臺灣新文學》版誤排為「龍ハ」，為片假名之「ハ」。

原刊於《臺灣新文學》第一卷第九期，一九三六年十一月五日

本篇錄自《楊逵全集　第五卷・小說卷》，彭小妍主編，國立文化資產保存研究中心籌備處，一九九九年六月出版，頁二六七～二八一，陳曉南譯，葉笛、清水賢一郎、彭小妍校訂

導讀

——謝鴻文

一八九五年，日本的帝國主義野心侵略了中國後，並將臺灣列為殖民地。回看屈辱的歷史，在作家楊逵的筆下，總是流露出反殖民、反壓迫的精神。〈頑童伐鬼記〉這篇小說，以一個日本人井上健作，學美術出身，為了尋找創作靈感，到了傳聞中的「美麗的寶島」臺灣拜訪哥哥，卻意外發現哥哥一家五口生活的貧瘠窘困。

井上健作內心受到的衝擊後，無法再美化臺灣的美好，無疑的，這也是楊逵藉這個角色在反思。所以當井上健作目睹姪子太郎在白天野地遊戲，突然喊著「鬼來了」時，後來知道這個「鬼」原來是一個會壓迫窮人，唆使惡犬咬噬孩童的工廠老闆，在這楊逵其實又換了一個視角，用稚子的眼光，隱喻壓迫臺灣人的日本政府也是「鬼」。

小說最後，井上健作送了一幅模仿桃太郎討伐鬼怪的圖畫給太郎。他在車站月臺要離開臺灣時，太郎和其他孩子去送行，高呼著「伐鬼萬歲」，那激動的場面延續成孩子們的「伐鬼計畫」。回到日本東京的井上健作從信中得知計畫勝利，微笑相信，他做的才是真正的「大眾化美術」。井上健作的覺醒，帶來一絲光明希望，楊逵當時書寫的心情，正是想要召喚臺灣人們團結抵抗壓迫，他淺白但寓意深刻的文字，似也想走向「大眾化文學」的路上，去啟蒙教化民心民智吧！

論語與雞

張文環

隨著拜拜的日子接近，即使沒有月光的晚上，村子裡的青年們也點上火把來練習舞獅，所以院子裡充滿著喧嘩的空氣。不管怎麼說，鑼鼓陣與舞獅都是祭典時最叫座的。小伙子們好像認定這是大顯身手的好機會，所以人人都在拚命地練功夫，因此從院子裡的各個角落，傳來刷刷的揮拳聲。

阿源的爹一向來就是個功夫迷，因此只要是練功夫的時候，阿源便可以獲得允許，出到外面去。平時吃過晚飯，只能休息個把鐘頭，便得開始溫習《論語》。書念得差不多了，以為可以獲准休息，從大廳探出半隻頭，想聽聽大人們在聊的那些天南地北、古往今來的趣事，然而只要被父親發現到，便會告訴他：小孩子快去歇吧，明天一大早還得上「書房」哩。因此，阿源總是渴盼著拜拜與月夜。

阿源的爹雖然雅好功夫，然而據說祖父認為還是文比武有用，所以想讓阿源的爹成為一名文秀才，迫他躲在書齋裡，不肯輕易讓他出到外面。父親儘管被關在書齋裡，可是他不是打瞌睡，便是從記憶裡找尋出在院子裡練過的拳法，自個兒哼哼唧唧地練起來。結果嘛，文也好武也好，都成了半吊子啦——有時父親也會這麼向阿源發發牢騷。也是因為如此，父親才不至於強迫阿源習武。

「阿源仔可以自由讀書，比起你阿爸來是幸福多了。」

有一次，過年回娘家的姑媽這樣向阿源說，阿源也覺得好在沒有早生幾年。

「好像記得你阿爸像你這種年紀的時候，常常被打得哭泣呢。」

姑媽還這麼說。那也是古早古早的事了，如今家道中落，不再有靠從前那種大家族制度來維持一家的跡象，甚至連必須培養長子讓他做官的傳統也消失了。從前一個有錢人家，如果家裡沒有官老爺，財產便好像失去了保障，使人覺得不保險。以前確是有這種不自然的教育方法，可是現在連這樣的山裡的小村子，也在高喊日本文明，因此姑媽的話，在阿源聽來像是講故事似的。不過阿源與父親不同，看到人家在練功夫，自己倒不想練。在大家面前，出手出腳、使勁、拚命地握拳用力，就好像皮影戲裡的角色那樣前進、後退、踢腿，他覺得好難為情，實在沒辦法練。他只喜歡在有月亮的晚上，在院子裡看看一大群年輕人聚集過來大吵大鬧的模樣。另外還有一點就是可以離開父親的眼光，自由自在地在人影中來回走著玩，這也是他所引以為樂的事。然而，一旦祭禮過去，村子裡便又發出霉味來了。他真想跟著那些演戲的離開。也是因為這樣，每逢有月的晚上，青年們便想起來似地聚到阿源家的寬敞的院子裡來。這樣的晚上，也就是阿源最快樂的時候。書房裡的同學們會來，連與他同年的書房先生的女兒阿嬋也會來。她每一次都一定站在阿源的身旁，看到有趣的事便偷偷地扯扯阿源的衣服，悶聲低笑，這使阿源對她覺得好親近。但是阿源總覺得阿嬋背上莊嚴地烙印著「先生的千金」幾個字，不能很大方地跟她搭話。因此每逢阿嬋向他說什麼，便好像被先生吩咐了什麼差使似的。阿嬋這邊卻覺得阿源總是裝著持重的老成樣子，常用她那小女孩的天真模樣，要他做這做那的。四面環山的這個小村子，每當月亮升上來的時候，便明亮得好像在盆子裡撒下了月光似的。林子成了一朵黑影，湛著神秘沉在那裡。時不時地，有青年們的嗓音從其中響過來。阿嬋的面孔承受著月光，清晰地從一大群人影中浮現著。

「阿源仔，我要做你的太太哩。」

有一次，阿源被邀去扮家家酒，阿源懷著忐忑不安的心，跟在阿嬋後面走去。他留心地察看先生是不是在看著，阿嬋倒一點也不在乎地拉住阿源的手就跑。她說要去園裡的躲雨小屋。阿源覺得興趣缺缺。他只是為了不使阿嬋掃興，在阿嬋所吩咐的這兒站一會，那兒坐一下，學著新郎倌的樣子走步。阿源常常覺得，這麼任性的阿嬋與嚴格的先生，父女倆竟會生活在一起，真是不可思議。說不定先生太寵女兒，沒法出手打她吧，他想。阿嬋的父親與我的父親，到底哪一個更疼孩子呢，阿源也這麼想過。當然這也並不是由於阿嬋是個小女孩才如此，對她的弟弟，阿嬋的父親還是一樣態度。這麼想著想著，他忽地又想像到阿嬋長大後，可能真的要來做我的太太呢。然而，阿嬋的父親雖然嚴厲，跟阿源的父親倒像是很親近的朋友，在路上碰到，也會和和氣氣地互相寒暄，這也使阿源覺得他與阿嬋之間確是有著某種連繫的。父親每次看見先生，一定請他對學生們更嚴格些。這就像是父親在唆使著脾氣暴躁的先生，阿源害怕讓同學聽到那種話。他真不希望有人會告訴他：你爸爸好壞。阿源還擔心，他們對父親的怨恨會加到他頭上。只因阿源有這種抱愧的心情，所以在書房裡他是個好孩子，跟大家都和好相處，也好像受到先生的疼愛。在阿源的心裡，他是存心補償父親的壞處，所以從不想跟同學打架。也因此被認定是個懦弱孩子。每次看到同學被先生打得哭起來，他便覺得一顆心都縮成一團了。不過當他單獨與阿嬋在一起時，她說在學校裡最喜歡的就是阿源，使得他簡直不敢再正眼看她。阿嬋看來很聰明似的，但功課倒不怎麼好，因此有時候阿源禁不住地懷疑阿嬋是不是個小皮蛋。尤其是她今年九歲的那個胖弟弟，笨得幾乎教人想叫一聲小笨瓜。儘管這樣，可也從來都沒有看過先生打過他們。他有時也會在心裡，向先生嘀咕一聲：到底還是人家的孩子好教吧。不管如何，阿源很希望能夠下山到街路上的公學校去念書，戴上制帽，操一口流利的「國語」（指日語），好好地嚇唬一下這裡的鄉巴佬們。聽著那些「內地人」（指日本人）在交談，老是聽到克、魯、斯、卡（日本片假名クルスカ）四個字音，所以書房裡的同學們裝神氣時總是聳起肩膀說是克魯斯卡。他們先說克魯斯卡，然後用臺灣話說拿火柴來，那模樣，真是神氣活現。

「克魯斯卡拿火柴來。」

但光是克魯斯卡實在不夠味，總覺得不像是說了「國語」。阿源好想看看有圖畫的書，也希望能夠在院子裡正式地玩——就是說：得到認可，在院子裡大吵大鬧一頓。也希望得到可以唱歌的公認，扯開喉嚨大唱一頓。更巴不得用顏料來畫種種東西。這種學校的讀書生活就是他所想望的，只因書房的教育方式太單調了。在那裡，先生一天給同學用朱筆點四次教你讀。這就是「授書」。當然啦，這裡說四次，也只是村子裡的孩子們，從山裡來的小孩子只授書三次。最早的一次叫早學，早飯前大約五點左右就得上書房，同學們輪番煮好茶，然後去請先生。先生的住宅就在書房隔壁，必須去請，這也就是去稟告準備好了的意思。在煮開水的時候，另一個同學打掃。茶沏好了，先在孔子壇上供奉一杯，另一杯放在先生座席的桌上，然後才去請先生。先生睡眼惺忪地落座，一面啜飲一面抽一筒煙，就在這時同學們朗聲唸起來，先生不耐煩似地宣布：大家把書拿過來。立時，讀書聲停了，同學們把翻開的書本抱在胸口一個個踱到先生桌前。有自信的先站出來，唸給先生聽。讀畢，先生便執起朱筆，發出鼻音般的嗓聲讀字句並加點。完了以後，先生就在那兒叭叭地吸著煙說：還有不會的可以拿來問。等了一會，都沒有人出來問，先生便出去了。於是同學們也向孔子一拜，一個個地回去。早上的太陽把屋子染紅，家家戶戶都可看見在籬笆裡，主婦們在餵雞。

只有阿嬋的功課是自由的。她和弟弟睡在書房的一個房間裡，大家來到才吃驚地起來，首先回到隔壁的住家洗過臉，這才又過來讀書，但有時回去就不再過來。這樣的時候，他們必定滿臉不高興的樣子，彷彿是因為正在好睡的時候，被一群小鬼給吵醒了。她是老大，所以很受父親驕縱。阿源覺得先生對自己的孩子們那樣放縱，實在沒有道理。當然，照規定上書房不是簡單的事。正式上學的頭一天得帶些蛋一類的供物，先拜過孔子才開始過讀書生活，而這以後非得好好下苦工便沒法趕上人家，也許就是因為這個緣故，先生不得不顧慮女兒的體面才那麼放任她的吧。阿源猜想，她一定是沒有正式入學的。總之，村子裡的孩子們最難過的是早課。冬天太冷，夏天大清早的時候也正是最想睡的時候。懂得睡的味道的人總說黎明時分最好睡。小偷如果沒有能看準剛入睡的時候下手，便多半撿這個時分來。不過在阿源來說，早上來到書房生火煮茶，是最討厭的活兒。煙嗆得人怪難受的，而且木炭又不容易點著。加上非最早來到便趕不及，所以老覺得心裡緊張不踏實。有一次因為剛好火柴用完，使他慌了手腳。廚房的一半充作同學們的房間，正中是先生的房間，先生的鄰房就是男生的房間，裡頭有一隻用木板做成的床，姊弟倆似乎就是在這裡睡覺。早上阿嬋起來以前同學們很少進到這個房裡，阿嬋多半有人來打開廚房門的時候被吵醒。有一次阿源來這裡找火柴，看到正在酣睡的阿嬋睡姿，禁不住好笑起來。因為一個女孩兒人家，也睡成一個大字。就好像一隻小青蛙翻轉過來，還把一隻腿多麼舒服似地擱在弟弟的肚子上。他覺得弟弟這樣子太可憐了。擱在肚子上還好，萬一擱在喉嚨上，豈不叫弟弟窒息了？阿源好想把阿嬋的腿移開，但還是免了。爐子生好了火以後，阿源把火柴送回去。腳步聲使阿嬋猛地醒過來了，彈簧一般地收攏了手腳又端端整整地入睡了。阿源噴出了笑。

「你壞！」

因為阿嬋的嗓門太大，阿源一驚，放下了火柴就跑回廚房，在爐子前手押雙膝拚命地忍笑。阿嬋不曉得什麼時候進來了，用力地推了一把阿源。

「不是的，我是去拿火柴的。」

這時，輪到打掃的阿標進來了，阿嬋的臉繃得更緊，悻悻地睨住阿源。

「阿源，進了人家房裡就得把人家叫醒才是啊。悄默聲地像鬼魂一般，嚇了人家一跳。」

「我不幹，先生可沒叫我叫醒妳啊。」

「你壞！」

阿嬋怒沖沖地出去了。阿標不知就裡，光看到女生罵男生，鼓起掌嘿嘿嘿地高興起來了。

「別這樣，先生會聽到呢。我是去拿火柴的，那個小氣鬼就發怒啦。」

阿源說著一腳踢開了那隻空火柴盒。阿標功課差，很怕先生，所以就靜下來了。他搬出了掃具，開始打開門窗。

這一天阿嬋沒有來讀書，大家要回家時她才悄悄地溜到門邊。阿源向她送了個笑，她卻不搭理，他再次回頭看了她一眼，她嘟起嘴扮鬼臉，使他覺得這小妮子好討厭。不過阿源倒覺得第一次懂得了男生與女生性格方面的不同。女生是討厭被男生看到睡臉的，阿源有點難為情起來，便跑起來了。剛才大太陽還掛在山上的，不曉得什麼時候湧起了雲，整個天都像是會下雨的樣子。再也不跟女生說話了，那只有受辱，如果父親看到他受阿嬋侮辱，一定會被揍的。父親一定會這樣罵他：就因為你是個憨呆，所以連小妮子也瞧不起。阿源這麼想著，在大家已經落座的餐桌邊坐下來。

「阿源，念到哪裡了？」父親忽然開口，阿源吃了一驚往父親那邊看過去。

「念到鄉黨第十了。」

「鄉黨第十的哪裡呢？」

「鄉人飲酒杖者出斯矣。」

「嗯，是講禮貌的地方。」

「是。」

看到父親的臉色漸漸溫和起來，阿源這才鬆了一口氣。

吃過早飯出門時，天空好像低垂著。下起雨來，對來自山裡的同學們雖然不好，但阿源還是會高興起來。山裡的同學的父母親，通常都是把孩子驅向書房的，所以即使是雨天，書房裡缺課的還是很少。

「束脩都給了，不去念，只有讓先生撿便宜，而且一本《論語》也老是念不熟。快去。」

父母親們總是這麼說。意思是：如果不去，不但功課不進步，還沒辦法把先生的學問全部學過來。如果學生都這麼差，那就隨便誰也可以當一名先生啦。儘管不能把四書五經全部念完，只要學會一本《論語》，教那些蹩腳學生，還是十分管用。讓先生老是拾便宜，整個村子裡都臉上無光彩啦。因此，即令下了雨，縱不至於捨不得束脩，但是做為家長，孩子應該得的，還是希望他們能得到。然而一旦下了雨，村子裡的雜貨店口，賣起了炸豆腐，老人們便聚在那兒賭起錢來。他們吹著氣吃剛出鍋的炸豆腐喝酒，先生當然也不能不參加他們。先生喜歡喝酒，並且很會說些故事讓大家高興，講到列國、三國，大家便會停止賭錢，各出一份錢買炸豆腐和酒，在那兒享受一番桃園三結義的氣氛，於是店頭便辦喜事一般地熱鬧起來。那種熱鬧勁，加上忙碌地打在地面的雨腳，先生的嗓音便越發地增加一份熱力。阿源的爹也被這種氣氛吸引著，打著雨傘來湊這個熱鬧了。至於書房，再也沒有人管了。每逢這樣的時候，阿標便從孔子的神案上取過戒尺，在先生的房間演起大戲來。同學們個個笑得東倒西歪，連女生也雙手抿住小嘴，讓肩膀顫動著。阿標更得意了，扯起喉嚨學關公的樣子。從山裡來的一位大女生，因為大聲笑得難為情了，只好躲進廚房裡去。笑聲還從那兒傳來。就這樣，書房沸騰起來。阿嬋當然不會向父親告狀。先生娘碰到這樣的雨天，最大的樂趣便是到鄰居去串門子，就是在家，大家也不怕，因為先生娘也不會告狀。但是，當一名大男生坐在先生的位子上，握起拳頭擂了一記桌子，大叫一聲「安靜！」的時候，整個書房裡以為是先生回來了。很快地，有人說「這傢伙」，於是笑聲又揚起來。阿源好笑起來就想小便。這時的書房，已經沒有先生、學生了，好像成了無政府狀態，只有女生們成了笑聲的伴奏者，好不容易地保持著秩序。阿源來到廚房，開玩笑說：不要連通往廁所的門也堵住了，女生們便一股勁地逃開，各各回自己的座位去。只有阿嬋倔強地留在那裡。阿源不管這些，出到後門外，在屋簷下站著，掏出傢伙，將暖暖的小便撒向在雨裡顫抖的野芋頭葉子上。對面的林子在雨中一片迷濛，草木像是在痛苦傷心著。阿源根本就不把阿嬋放在眼裡似地，看著從褲檔間落下的細細的一條瀑布，希望能跟雨腳競爭競爭。解完了，穿好了褲子，避著阿嬋的眼光進到廚房裡，大家還在吵個沒完。他瞟了一眼阿嬋，她正在鼓著腮膀子，好像對他起了敵意。真可惡。幹嘛忽然恨起我來了呢？

「別理她。」

阿源把眼光投向同學們的嬉鬧，大聲叫好。

「討厭！我可要告訴人家啦。先生沒在就吵成這個樣子。」

人家當然是指她的父親。她的意思是先告訴人家，然後由他來告訴父親。阿嬋的叫喊使得大家忽然怔住了。連女生們也似乎在窺伺著阿嬋的臉色。雖然她的威嚇是間接的，並沒有假父親的威，但看起來她還是很惡毒。雨似乎變小了，先生從黃昏前的村道回來。把風的小鬼趕來通報，阿標這才慌忙地將戒尺放回原處，箭一般地竄回自己的座位。書房裡沉入穆靜的秩序裡。先生浮著滿意的笑進來。同學們示意的眼光互碰，胸口好像被呵了癢似地咬緊牙關緊閉著嘴巴。

中元近了，村子裡忽然增添了活力，人人都忙起來。傳聞說，為了過節所須的費用，大家都忙著幹活，甚至還有人不惜去偷人家的東西。一天下午，原來靜謐的書房四周突地吵鬧起來了，好像有人在大聲互罵著，同學們的眼光便從窗口瞟出去。因為那叫罵聲太兇，所以先生便也擱下筆出去。是陳福禧與鄭水聲在吵架。臉頰下陷的陳，表情因發怒而蒼白著。鄭水聲也因為受到激烈的侮辱，憤怒地沙嘎著嗓門。陳說，鄭今天早上砍來的竹子，一定是在他的山裡砍的。鄭則辯稱是自己山裡的。兩人一起進派出所去了。

派出所就在書房隔鄰。看熱鬧的人們很快地就把派出所的前面圍住。由於先生出去了，所以同學們也擱下書本，擠到窗邊看出去。兩人的怒吼聲從派出所的籬笆溢出來。雙方在所裡爭論了好久好久。警官沒法可施。只好在一旁看著兩人爭得面紅耳赤，根本就沒法判斷誰對誰錯。這使陳急起來了。

「好，那就到有應公那兒去斬雞頭咒誓吧。」

陳這樣的提議，鄭只好一口答應。如果鄭沒有偷我的竹子，我誣賴他偷了，那麼雞的靈魂便向我作祟，如果鄭真的偷了，那麼雞的冤魂啊，去找鄭好了。這是陳要發的咒，鄭發的便是反過來的。兩人之間便成立了這可怕的斬雞頭的誓，即使是無罪的人，這麼做了便等於把作祟分攤在雙方，因此非到十分嚴重時，不會輕易去做這種重誓的。由於是陳提議的，所以他的家人非常擔心。在村子裡，陳算得上是有錢的人，區區幾根竹子，實在犯不上這樣爭吵，可是一旦說出來了，便只好做下去了。最後兩個人都鐵青著臉從派出所出來。警官無可奈何，只好同意兩人，於是很快地他們就花了錢，買來了雞，由陳提著。鄭手上抱著香與銀紙，看熱鬧的人們便跟在兩人後面走去。先生和同學們都從來沒有見識過這種可怕的場面，便也全部跑出來加進行列之中。這個村子離有應公好遠，一行大約三十個人看著為首的兩人互相咒罵，走過村子，過了小橋，爬上右邊的山上。村子裡微冷的空氣拂過了這一群好奇的人們臉上。

「準備好了吧。」陳說。

「還用說的。難道你怕了？」

「廢話！」

兩人又開始了唇槍舌劍。

「算啦算啦，已經決定這麼做了，也就不必再這麼吵啦。」先生擺出和事佬面孔說，一群人也就靜默下來了，只有溪水的淙淙聲在林梢上盪漾著。女生沒有一個跟上來，男生倒全部到齊了。

「孩子們也可以看嗎？」

有人這麼問了先生一聲，阿源心中一楞。

「見識見識也是應該的吧。」

先生臉上確實掠過一抹後悔之色，他一直沒察覺到有這麼多學生們跟上來。他所看到的都是沒有進書房讀書的，根本就沒想到有十五個敬畏他的小孩跟來了。其實，同學們是一群人出了派出所，正要踏出村子一步時，才避著先生的眼睛走出了書房的。來到半路上，先生才發現了一兩個，可是自己都來了，實在不好罵學生。此刻先生說出了見識兩個字，同學們這才深深鬆了一口氣，於是村子裡忽然因小孩子們的聲音而熱鬧起來了。

村子裡的有應公在崖下的山洞裡，來到此地，令人覺得全身汗毛直豎起來。那是因為有人說過，洞穴裡有一股冷風吹出來。林蔭下的山洞黑黝黝的，洞口上面橫掛著一塊紅布條，上面寫著「有求必應」四個字。洞口前面擱著好幾塊大石頭當桌子，洞口有五六個骨罈子。阿源覺得人這麼多，還好過些，萬一只一個人，實在沒法待下去。陳與鄭兩人在石塊上放下了雞與銀紙，點了蠟燭，在洞口的香爐上插上了香，人們聽到石頭上的雞不時地拍動翅膀，發出啼聲，感到一股陰森森的氣氛。陳鄭兩人都是剛從園裡來，腰邊還繫著刀架。刀架上插著刀，可見兩人都不是到園裡幹活去了的，否則刀架上的必是鐮刀才是。大家摒著氣息看守著，除了陳與鄭兩人的賭咒以外，沒有人開口。阿源無意間抬頭一看，藍天在林梢上窺望著。陰暗的林裡濕氣好重，阿源想到萬一斬雞完了以後大家害怕起來拔腿便逃，那時要怎麼走呢？他用眼睛搜了搜四下，也回過頭找了找。為了逃時能走在眾人前面，他推開人群，去到最後，站到一顆石頭上，從人家肩頭上看這個場面。香煙忙碌地搖晃著上升。雞像察覺到了自己的使命，不住地在拍打翅膀。陳回頭看了一眼鄭，抓起掙扎著的雞說：

「你先來。」

「不，還是你先。」

「好。」

陳的右手繞到腰後，拔出了刀，左手抓住雞腳，把雞頭擱在石頭上，說時遲那時快，右手一揚便劈下去。以為雞頭會飛開，其實並沒有砍斷。據說：這種血是不能被噴到的，所以觀眾往後退了一步。

「換你啦。」

鄭接了過來，擺好同樣姿勢，唸過了咒語，然後舉起頭，往垂落下來的雞頭砍了一下，並把雞拋開。這一瞬間，雞又蹦又跳地滾進竹林下面去了。就在這時，阿源看到了料想不到的情景，禁不住地楞住了。有個人雙手划開竹林，好像追趕那隻翻滾蹦跳的雞似地往崖下跳下去，把那隻半死的雞撿起來。這人竟然就是先生。眾人把先生留下，急步下山走了。阿源感到一種幻滅的悲哀，也覺得阿嬋太可憐了。她有這麼一位齷齪的父親，而他自己也有這麼一位先生，這是多麼窩囊的事。阿源讓緊握的手心滲著汗，走過竹林，穿過林子出到小橋。同學們好像突然想到鬼魂似地跑起來，阿源也只好留心著腳邊跑。他一直都想跑起來的，但是看著陳和鄭兩人在草上拭刀血的蒼白面孔，彷彿覺得只要他們跑起來，那兩個人便會追趕過來似的，所以提心吊膽地移步。村子裡依然是一片和平的空氣，大家這才放心了。已經是黃昏時分。同學們好像回到了老家似地進了書房。是授書的時間了，可是先生遲遲不見回來，想來是幫著先生娘在扯雞毛吧。有個同學去阿嬋家偷看，果然不出所料，先生正在廚房替雞洗澡哩。

「阿嬋，妳家晚上有肉哩，雞肉啊。」

有人向阿嬋說，可是她似乎一點也不在乎的樣子。先生流著口水在拔雞毛哩，這樣的耳語使得阿源再也不想在書房裡待下去了。就溜回去告訴父親吧，卻下不了決心，只好茫茫然地看著大家在交頭接耳。他弄不懂自己為什麼會不時地讓眼光瞟向阿嬋。看到她始終緘默著，卻又覺得阿嬋還是有點可憐。

過了一會，先生匆匆忙忙地進來了，倒看不出有什麼特別的表情。好像比往常遲了些時候，先生還是吩咐大家帶著書本過來。也沒有聽大家唸，馬上就提起朱筆給大家點新的一頁。如果從家長這邊來看，很明顯地是先生的一種怠慢，可是在同學來說，這倒是很叫人高興的事。授書過的同學，一個個回去了。

阿源回到家時，廚房的煙白忙碌地冒著火煙，灶孔裡的火熊熊地燃燒著。母親早已知道阿源他們跟著咒誓的人去看熱鬧，不免訓誡了他幾句。阿源從母親的臉色察看到，跟先生一塊去是對的。要不是這種臉色，屁股準又會狠狠地挨一頓揍了。

「沒問過父母親就跑到那麼遠的地方去了。萬一出了什麼事，那可怎麼辦呢？不孝順的孩子，沒有人願意去理呀。」

母親裝著冷冷的樣子，和嬸嬸她們一塊準備晚餐。因此，「媽，我肚子好餓了。」這話，也出到喉嚨就嚥回去了。在書齋裡擱下書本出到大廳，父親正在和幾個客人談著話。

敬過禮後，心口是鬆了些，但老覺得父親的眼光射向自己的臉上，有點不安。想拿了面盆去廚房打洗臉、洗腳的水，卻又覺得提不起勁，幾乎想哭出來。阿源又差不多成了個還沒有被打就先哭的愛哭蟲。他懊悔去看熱鬧。女生們都可以忍著不去，為什麼我就忍不住呢？阿源像個怕被看到的小孩，默默地洗過了腳，看準大人們坐定，這才在餐桌邊落座。

「這位小朋友就是大少爺嗎？」

一位爸爸的朋友問。

「是的，不過還有一個更大的，生下後一個禮拜就壞掉了，所以還是算大兒子吧。」

父親的眼皮因酒微微泛紅了。聽父親的口氣，阿源稍稍放心了。

「阿源，聽說今天出了件事是嗎？」

「是，可是先生為什麼要撿那種東西吃呢？」

阿源的口氣明顯地含著一份憤然之意。

「嗯，先生說他是信奉道教的，也不曉得可靠不可靠。」

「不，只是饞嘴罷了。」

一位叔叔說。如果道教的人都這樣，那這種「教」真叫人討厭。阿源總算完全放心了。飯後，他有意無意地黏在母親身邊，討好地向母親搭話。

「阿源真有心機哩。」

被母親一語道破，所以他向母親露出了笑。

「做了壞事就拚命討好，想矇混過去是不是？下次再做壞事，一定不原諒你。」

「是，媽媽，我不敢了。下次一定先得到許可。」

母親好像已經忘了阿源的事，跟一位阿婆商量鄰居的女兒結婚的事。院子裡已經垂下了夜幕，插在牆上的拜過天公的香，在漆闇裡描著三顆紅點。

阿源總算平安上了床，可是白天殘忍的一幕烙印在腦海裡，使他恐懼。好想請父親早些進來，可是父親在微醺裡正和客人聊著《三國志》裡的孔明。也許太累了，不知不覺間還是入睡了。阿源在夢中驚跳了起來，可是父親的溫暖的巴掌在無意識裡拍了拍他的肩，把他搖醒了。他感覺到守護著自己的父親那溫柔的力量，心又平穩了，便再次落入靜靜的睡眠之中。

第二天早上，為了早課上書房路上，阿源忽地想起了昨夜的夢。那是阿嬋在啃著昨天那隻雞腿的夢。阿源真不想上書房了，但書房裡倒一如往常。

不久，發生了一件以書房為中心的重大問題。一連落了幾天雨，雨停後的某天，來自山裡的學生家長們表示要輟學了。說男孩子還小，路遠不保險，讓姊姊來又不放心，結果書房裡有一半同學給帶回去了。尤其女生全部退學，只剩阿嬋一個人楞楞地坐在那兒。根據他們的說法，書房變成了戲班的練習場，不適合女孩子的教育。先生當然不會在同學面前勸誘家長們，不過倒也說明了教育的真義，想讓他們回心轉意，他們卻根本不肯聽。因為如此，有一陣子書房像老阿婆的頭髮，疏疏落落怪寂寞的，同學們的讀書聲也變小，而且失去了彈力。是不是由於雞的事，對先生感到失望了呢？不過聽山裡的家長向阿源的父親提到的說法是：有一天下雨的日子從街路回來，路過書房前面，發現到書房裡成了一所娛樂場，孩子們不但談不上學習什麼禮儀，反而很可能學會了壞事。阿源聽到父親也同意了這種說法，還表示將來希望能搬出街路做做生意，一方面也是為了小孩讀書方便。阿源在書房裡的桌上想著這些，把眼光投向窗外，院子裡正有幾隻雞在玩沙呢。

原刊於《臺灣文學》第一卷第二號，一九四一年九月
本篇錄自《張文環集》，張恆豪編，前衛出版社，一九九一年二月一日初版，頁一一五～一三三，鍾肇政譯

導讀

——謝鴻文

乍看〈論語與雞〉這篇小說篇名，出現突兀對立的兩個東西：論語，在小說裡連結著傳統中國式私塾（書房）的精神指標；雞，代表著農村生活的飼養勞動與食物。兩個東西並置在一起，作者張文環自有用意。

小說裡就讀書房的男孩阿源，某日觀看村民們為了砍伐竹子引發衝突，依習俗到地方信仰中心有應公廟前斬雞頭發誓，書房夫子擔任見證人，一群孩子也跟著去看熱鬧。不料，被斬過丟在竹林崖下的雞頭，先生竟然不顧眾人眼光，跳下去撿。這個平日誦讀論語，斯文儒雅的夫子，如此不顧顏面，斯文掃地的唐突舉動，背後蘊含著悲涼辛酸，暗示著日本殖民統治臺灣後，極力同化臺灣人，尤其一九三六年推行「皇民化運動」後，更積極推行「國語運動」（說寫日文），意圖徹底斷了臺灣的語言文化的根，傳統書房教育必然走向式微，夫子少了許多束脩，他撿死雞頭、猛拔雞毛，還訓斥學生走開的醜態，是為了維生，就顧不得聖賢之禮教了。

整篇小說如一幅那年代臺灣鄉村的世情風俗畫，地方上的慶典、風俗都有細緻的觀察描寫。出入人物頗繁多，但不是熱鬧喧嘩的聲音，反以冷靜的筆調，夾帶著嘲諷人們接受日本殖民政府洗腦的悲哀，特別是聚焦在阿源的眼光，看破成人世界的虛偽與荒謬。

作者簡介

張我軍

本名張清榮，籍貫福建南靖，一九〇二年十月七日生於臺灣臺北，一九五五年十一月三日辭世，得年五十四歲。北京師範大學國文系畢業，曾在北京師範大學、北京大學、中國大學教授日文，從事翻譯、編著與出版發行工作。一九四六年返臺，曾任臺灣省教育會編纂組主任、臺灣省茶葉商業同業公會祕書、合作金庫主任等，主編《臺灣茶葉》、《合作界》月刊。

其創作文類有評論、詩、小說與翻譯。一九二五年出版詩集《亂都之戀》，是臺灣新文學史上第一部新詩集，描述與妻子苦戀的歷程，歌頌愛情，反抗黑暗現實。除了詩與小說等文學創作，也有多篇評論批判無病呻吟的臺灣舊文學，並積極引介中國新文學運動的始末、轉載中國作家作品，主張「白話文學的建設，臺灣語言的改造」，被譽為「臺灣新文學運動的奠基者」，開拓日治時期臺灣新文學運動的視野，後人編有《張我軍全集》等。

照片／張光正提供

楊守愚

本名楊松茂，籍貫臺灣彰化，一九〇五年三月九日生，一九五九年四月八日辭世，得年五十四歲。彰化第一公學校肄業，一九二五、一九二六年先後參與具政治性的文明劇團「鼎新社」和「新劇社」，並加入「臺灣黑色青年聯盟」，期間受賴和啟發與賞識，閱讀中國五四新文學，練習創作短篇小說和新詩，後加入「臺灣文藝聯盟」擔任《臺灣新文學》編輯。一九三七年，與賴和、陳虛谷、楊笑儂等人創立「應社」，力挽殖民同化下的漢文化命脈。戰後應聘擔任彰化工業職業學校國文、歷史科兼任導師，參與「臺灣文化協進會」編輯及中國國民黨文化委員工作。

其創作以短篇小說、新詩、漢詩見長，短篇小說和新詩鎔鑄臺灣話文、中國白話文、日式漢文，以自身經歷及觀察出發，批判日本挾帶資本主義的殖民作為，揭開勞苦大眾面對勞動剝削卻苦不能言的現實，後人編有《楊守愚詩集》、《楊守愚作品選集》等。

照片／楊香雲提供

楊雲萍

本名楊友濂，籍貫福建漳州，一九〇六年十月十七日生，二〇〇〇年八月六日辭世，享年九十五歲。一九二一年以優異成績破例考進日人專屬學校之臺北一中，其後不久即開始寫作，與江夢筆創辦第一本臺灣白話文學雜誌《人人》，一九二六年前往日本文化學院留學，受教於川端康成與菊池寬。一九三二年返臺，投入南明史、臺灣史與文化的研究，並加入《文藝臺灣》、《民俗臺灣》等團體。戰後初期主編《臺灣文化》，同時投入《民報》編務，後任職於臺灣省編譯館，一九四七年受聘於臺大歷史系任教，教授南明史、臺灣史等課程達四十餘年。亦參與各種學術活動，如編纂《臺灣風物》、出任文獻委員會顧問、長年參與林本源中華文化教育基金會活動等。

其文學創作以詩和小說為主，日文詩集《山河》可謂其詩作創作的頂峰，小說所隱藏的反日抵抗意識，冷靜的知性以及詩精神，都有獨樹一幟的表現，後人編有《楊雲萍全集》、《楊雲萍文書資料彙編目錄》等。

照片／文訊雜誌社提供

楊逵

本名楊貴，籍貫臺灣臺南，一九〇六年十月十八日生，一九八五年三月十二日辭世，享年八十歲。臺南二中（現臺南一中）肄業，一九二四年赴日求學，次年考入日本大學文學藝術科夜間部，一九二七年輟學返臺，參加臺灣農民組合、臺灣文化協會、臺灣文藝聯盟，創辦《臺灣新文學》雜誌，後經營「首陽農園」，曾先後被日警逮捕下獄十次。日本戰敗後，積極投入臺灣社會重建與文學參與，創辦《臺灣文學叢刊》，一九四九年因發表〈和平宣言〉遭國民黨政府判刑十二年，晚年蟄居耕讀於東海花園。

早期以日文寫作，一九三四年以〈新聞配達夫〉入選東京《文學評論》第二獎，成為第一位進入日本文壇的臺灣作家。作品揭發日本殖民統治對臺灣人民的苦難與壓迫，以樸實的風格、真切的筆觸，展現出普羅大眾的精神，論者推崇為見證日治時期「知識分子的社會良心的形象」的臺灣作家。著有《鵝媽媽出嫁》、《壓不扁的玫瑰》，後人編有《楊逵全集》等，作品曾收錄於國中國文教材。

照片／楊建提供

張文環

籍貫臺灣嘉義，一九〇九年八月二十八日生，一九七八年二月十二日辭世，享年六十九歲。一九二七年梅仔坑公學校畢業後赴日本岡山縣就讀金川中學，一九三〇年東洋大學專門部倫理學東洋哲學科第一步中途退學，此後於圖書館自學。一九三三年三月與吳坤煌、巫永福、蘇維熊等人發起「臺灣藝術研究會」，發行純文學雜誌《フォルモサ》（福爾摩沙），擔任第二、三號編輯。一九三八年返臺，擔任《風月報》日文版編輯，一九四〇年加入西川滿等人倡立的「臺灣文藝家協會」，隔年與王井泉、中山侑等人成立啟文社並創辦《臺灣文學》雜誌。戰後當選臺中縣議員、任職臺灣省通志館編纂等。

其創作以小說為主，次為評論與隨筆。一九四三年以〈夜猿〉短篇小說獲「皇民奉公會」頒第一屆臺灣文學賞。作品中濃厚的鄉土意識與文字所含納的悲憫與批判，描繪庶民階層的生活態度與道德理念，著有《滾地郎》、《論語與雞》，後人編有《張文環全集》等。

照片／張玉園提供

翁鬧

籍貫臺灣彰化，一九一〇年二月二十一日生，一九四〇年十一月二十一日辭世，得年三十一歲。臺中師範學校（今臺中教育大學）演習科畢業。曾任教師、日本內閣印刷局校對員。完成五年義務教職後赴日留學，曾數度參與臺灣文藝聯盟東京支部召開的座談會。

其創作文類以新詩、小說為主，兼及翻譯、散文，均以日文創作。短篇小說〈戇伯仔〉獲日本改造社發行的刊物《文藝》雜誌的選外佳作。做為一位日語教育下的創作者和現代主義文學的實踐者，其日文優雅流利，承襲日本新感覺派的寫作技法，文字細膩、意象飽滿豐富，著重各種感官知覺的描寫，善用象徵手法與意識流等敘事捕捉幽微的心理感覺，敏銳地呈現出現實社會和人性的複雜現象，在小說創作上開拓了新的畛域。著有《有港口的街市》，後人編有《翁鬧作品選集》、《破曉集：翁鬧作品全集》等。

照片／張玉園提供

龍瑛宗

本名劉榮宗，籍貫臺灣新竹，一九一一年八月二十五日生，一九九九年九月二十六日辭世，享年八十九歲。臺灣商工學校商科畢業，曾任職於臺灣銀行，一九四二年去職後歷任《臺灣日日新報》「國語新聞」與「兒童新聞」編輯，《臺灣新報社》出版部《旬刊台新》雜誌編輯，《中華日報》日文版文藝欄主編、日文組主任等，一九四九年轉任合作金庫辦事員，期間與同事張我軍合編機關誌《合作界》。一九七六年以合作金庫專門委員退休。

其創作文類以小說為主，一九三七年以〈植有木瓜樹的小鎮〉獲得東京《改造》雜誌第九屆懸賞小說佳作獎，一九四二年與張文環、西川滿、濱田隼雄同時獲選為「第一回大東亞文學者大會」臺灣地區代表。身為前半生在殖民地臺灣成長與生活的知識青年，原生的臺灣文化是難以尋根的歸屬，在矛盾的國族認同中，他以「纖美和哀愁」的文字跨越語言和時代。著有《午前的懸崖》、《杜甫在長安》、《紅塵》，後人編有《龍瑛宗全集》等。

照片／龍瑛宗文學藝術教育基金會提供

巫永福

籍貫臺灣南投，一九一三年三月十一日生，二〇〇八年九月十日辭世，享壽九十六歲。日本明治大學文藝科畢業，曾任臺灣新聞社記者、大東信託公司囑託、臺中市政府機要祕書兼督學、中國化學製藥公司總經理、新光產物保險公司副總經理、文學雜誌《笠》發行人、《臺灣文藝》發行人。曾參與籌組「臺灣藝術研究會」，創辦臺灣第一本純文學雜誌《フォルモサ》（福爾摩沙），並創立巫永福文化基金會，以及巫永福文學獎、文化評論獎、文學評論獎。曾獲亞洲詩人貢獻獎、臺灣文學牛津獎、總統褒揚令等。

其創作文類以詩為主，兼及小說、散文、論述、俳句、短歌等。小說的主要作品皆為戰前所作，受其師橫光利一新感覺流派影響，呈現主觀現實的基調。雖曾因語言跨越之故擱筆，復出文壇後創造力愈顯旺盛，構築當時臺灣人共同的生活記憶與歷史空間，流露對社會無限的關懷與用心。著有《巫永福集》、《巫永福現代詩自選集》、《巫永福小說集》，後人編有《巫永福集》、《巫永福精選集》等。

照片／文訊雜誌社提供

呂赫若

本名呂石堆，籍貫臺灣臺中，一九一四年八月二十五日生，一九五一年前後失蹤，有一說在臺北汐止附近鹿窟山區被毒蛇咬死，得年三十八歲。一九二七年以第一名畢業於潭子公學校，進入臺中師範學校就讀，一九三四年分發至新竹峨眉公學校擔任教職，一九三五年首次以呂赫若為筆名發表小說。一九四〇年赴東京下八川圭祐聲樂研究所學習聲樂，師事長坂好子，後因肺病返臺，與張文環等人籌組「厚生演劇研究會」。戰後參加三民主義青年團，國府來臺以後任職於《人民導報》，與蘇新、陳文彬等左翼思想人士常有來往，因對當局及時政不滿，遂參與地下工作組織，後行蹤成謎。

其文學創作以小說為主，一九四四年出版臺灣第一本小說集《清秋》，並以〈財子壽〉獲得第一回「臺灣文學賞」。戰前多以知識分子的立場，以自身遭遇的經驗及冷靜敏銳的觀察，揭露農民生活的疾苦，關懷封建家族下的道德危機和人性糾葛。後人編有《呂赫若日記》、《呂赫若小說全集》等。

照片／呂芳雄提供

延伸閱讀書目

邱各容編選

●《日據時期臺灣文學雜誌總目・人名索引》 中島利郎編 一九九五年三月 前衛出版社

●《張我軍全集》【臺灣新文學史論叢刊(4)】 張光直編 二〇〇二年六月 人間出版社

●《楊守愚集》【臺灣作家全集・短篇小說卷】日據時代(3) 張恆豪編選 一九九一年二月 前衛出版社

●《楊守愚作品選集：小說、民間故事、戲劇、隨筆》（上冊） 施懿琳編 一九九五年六月 彰化縣立文化中心

●《楊雲萍、張我軍、蔡秋桐合集》【臺灣作家全集・短篇小說卷】日據時代(2) 張恆豪編選 一九九一年二月 前衛出版社

●《楊逵集》【臺灣作家全集·短篇小說卷】日據時代(8)　張恆豪編選　一九九一年二月　前衛出版社

●《楊逵全集》第五集小說卷(2)　一九九八年六月　國立文化資產保存研究中心籌備處

●《張文環集》【臺灣作家全集·短篇小說卷】日據時代⑽　張恆豪編選，一九九一年二月　前衛出版社

●《張文環全集》【卷一】小說集中短篇(1)　陳萬益主編　二〇〇二年三月　臺中縣立文化中心

●《張文環全集》【卷二】小說集中短篇(2)　陳萬益主編　二〇〇二年三月　臺中縣立文化中心

●《張文環全集》【卷三】小說集中短篇(3)　陳萬益主編　二〇〇二年三月　臺中縣立文化中心

●《論語與雞》【臺灣小說·青春讀本(7)】　張文環著，鍾肇政譯，許俊雅策劃　二〇〇六年二月　遠流出版事業公司

●《翁鬧、巫永福、王昶雄合集》【臺灣作家全集·短篇小說卷】日據時代(6)　張恆豪編選　一九九一年二月　前衛出版社

●《龍瑛宗集》【臺灣作家全集・短篇小說卷】日據時代(9)　張恆豪編選　一九九一年二月　前衛出版社

●《龍瑛宗全集》【中文卷】第一冊小說集(1)　陳萬益主編　二〇〇六年十一月國家臺灣文學館籌備處

●《巫永福全集》(10)小說卷II　沈萌華主編　一九九六年五月　傳神福音文化事業有限公司

●《巫永福精選集》【小說卷】　許俊雅主編　二〇一〇年十二月　富春文化事業公司

●《呂赫若集》【臺灣作家全集・短篇小說卷】日據時代(8)　張恆豪編選　一九九一年二月　前衛出版社

●《呂赫若小說全集》　呂赫若著，林志潔譯　一九九五年七月　聯合文學出版社有限公司

●《呂赫若小說全集》（下）　呂赫若著，林志潔譯　二〇一八年三月　印刻出版有限公司

國家圖書館出版品預行編目(CIP)資料

春風少年歌：日治時期臺灣少年小說讀本 /
張我軍等文 . -- 臺北市：北市文化局 , 2018.10
面； 公分
ISBN 978-986-05-7136-3（平裝）
863.59 107018204

春風少年歌：
日治時期臺灣少年小說讀本

發行人｜鍾永豐
出版｜臺北市政府文化局
作者｜張我軍等

統籌企畫｜李麗珠・劉得堅・李秉真・馬祖鈞・簡孜宸・吳婉瑩
策劃執行｜財團法人台灣文學發展基金會
顧問｜邱各容・邱若山・傅林統
主編｜封德屏
責任編輯｜王為萱・鄭菁慧
助理編輯｜沈孟儒・黃子恩
校對｜王為萱・沈孟儒・黃子恩・鄭菁慧
美術設計｜陳采瑩

發行所｜臺北市政府文化局
地址｜臺北市市府路 1 號 4 樓東北區
電話｜1999（外縣市 02-27208889）
網址｜http://www.culture.gov.taipei/
定價｜新臺幣 320 元

ISBN｜978-986-05-7136-3
GPN｜1010701785
出版日期｜2018 年 10 月